スタァ・ミライプロジェクト
歌姫編
綾里けいし Illustration 夏炉

CONTENTS

star future project

――我々は、
新たなるスタァを求めています。
――ぜひお出でください
【少女サーカス】へ。

これにて、今宵の演目は終了です。
どうか、次の舞台をお待ちください。

スタァ・ミライプロジェクト
歌姫編

綾里けいし

MF文庫J

口絵・本文イラスト●夏炉

プロローグ

第一の部屋には、死体が倒れている。

亡くなっているのは女性だった。その細身の体は、上質な純白の生地を重ねた、色味がなくとも華やかで豪奢《ごうしゃ》なドレスによって覆われている。全身は均整がとれており、四肢は細い。だが、胸部と尻だけは豊かな肉づきを誇っていた。彼女の造形は美しく完成されている。同時に、どこか歪《いびつ》さも感じさせた。人間というより、まるで人形だ。肉と骨を持つ生き物として、女性の姿は本来成立しえないだろう不自然さを見せている。

だが、それも当然だ。

ここにいる誰もが、いや、特に若者を中心とした、世界中の多くの人間が知っていた。

彼女はヴァーチャル空間を中心に活動する歌い手。

配信者でもある、絶対不動の孤高な歌姫、Arielだ。

だが、そのMVの閲覧数がいかに驚異的であろうとも、配信登録者数が圧倒的であろうとも、模倣者たるフォロワーを数多く生みだしていようとも、今はなんの関係もない。正しくは輝かしき功績も、積みあげてきた偉業も、非情な現実を変える役には立たなかった。

血塗《ちまみ》れの姿で、歌姫は壮絶に死んでいる。

粘つく紅色の海に横たわって、彼女は目を閉じていた。

そのドレスの一部は破られており、滑らかな腹が露《あら》わにされている。白い肌には無惨な傷が刻まれ、黒の糸による雑な縫い目で閉じられていた。そこから摘出されたであろう内臓が、なんらかの儀式のごとく、彼女の周りに円を描くようにして置かれている。

汚らしい内容物を零《こぼ》す腸や組織が柔らかく崩れた肺。内側の襞《ひだ》と粘膜を曝《さら》けだされた胃に小さな子宮。比較的馴染《なじ》みある形の心臓などが、等間隔で配置されていた。腐敗が進行しているのか、それらは赤黒く変色している。辺りにはむせ返るような悪臭も漂っていた。

意思をもっていようとも、人間の本質とはただの醜悪な肉塊にすぎない。この光景は、そう教えようとしているかのようだ。観《み》る者へと、残虐性と生々しさを突きつけてもいる。

それでいて、なにもかもが致命的なほどにおかしかった。

ヴァーチャル空間で動く、歌姫の器。視聴者の見慣れた姿はアバターなのだ。

配信の画面上にのみ、その身体《からだ》は存在する。つまりは、ただの絵にすぎなかった。

そのはずが、Ariel は死んでいる。

殺され、胎《はら》を縫いあわされていた。

そうして、偶像の醜い中身を晒《さら》されている。

剥《む》きだしのコンクリートで構成された簡素な部屋は、まるで彼女の棺桶《かんおけ》だ。だが、そこには死骸《しがい》の他に生きている人間の姿もあった。埋められた入り口前に、数名が佇《たたず》んでいる。華やかで色とりどりの服を着た、八人の可憐《かれん》な少女たちだ。

食い入るような目つきで、彼女たちは惨状を見つめている。

その立ち姿からは現実味というものが欠けていた。清楚《せいそ》な白のワンピース姿の者や、ゴシックロリータ姿の少女はまだしも、軍服風のドレス姿の者、シスターにしか見えない黒服を着た娘までいる。それでいて奇抜な衣装を、全員が呑《の》まれることなく着こなしていた。

一人残らず、少女たちは人間離れして愛らしく、美しい。だが、それ以外には共通点を見出《みいだ》し難《にく》い一群でもあった。どうにもバラバラで、とらえどころがない。

しかし、少女たち自身は理解していた。

彼女らは運命共同体だ。同時に、ライバルでもある。油断をすれば、ここにいる誰もが、部屋の中心を飾る無惨な亡骸《なきがら》と似た末路をたどらされる可能性があった。選択肢を間違えれば先は奈落だ。不思議の国のアリスのごとく、落ちて、落ちて、落ちて、死ぬしかない。

【時計兎《うさぎ》】に告げられた言葉を、少女たちは思い返す。

――皆様ようこそ、【少女サーカス】へ。

――生き残った者こそ、次の歌姫です。

第一幕　悲報

『あなたの、将来の夢はなに？』


そう問われたとき、返る答えはさまざまだろう。

ある子供にとっては、アニメのキャラクターなどの非現実的な存在こそがなりたい理想なのかも知れない。または天賦の才能を必要とする、野球選手などの華やかな職業にこそ、強い憧れを抱く者も多いだろう。その一方で最初から堅実な道を志す子だっているはずだ。

どれもが正しく、なんだって無謀で、すべてが祝福されるべき選択といえた。

やがては失われる確率が高いものであろうとも、夢とは決して本人以外の誰かから否定されてはならない。白紙のカンバスに塗られるはじまりの一筆は、常に自由であるべきだ。たとえ完成する絵面《えづら》が、濁った黒にすぎなかったとしても。

そう、永久乃七音《とわのななね》は考えている。

彼女がそのような信念を持つに至った背景には、自身の夢を長年にわたって罵倒されてきたという経緯があった。何度も、何度も、彼女は両親から強い口調でくりかえされてきたのだ。時には殴打さえ交えつつ、七音はやめろと吐き捨てられた。

くだらない。無理だ。無茶《むちゃ》だ。現実を見ろ。早く忘れて、諦めろ。

それでもなお、彼女の夢は幼いころから揺らぎはしなかった。夜空を仰げばいつでも星を見つけられるように。キラキラ光る憧れの心を、七音《ななね》は失うことができないままでいる。

少女の夢はただ一つ。

歌姫に、なることだ。

しかし、それはやや具体性に欠ける願いとも言えた。なにせ、歌にまつわる職業は多岐にわたる。歌手にアイドル、ミュージカルの役者、声楽家など、様々なものが想定された。だが、なれるのならば、七音は中のどれでもよかった。

歌えればいい。ただ、それだけで充分だ。

謙虚なようでいて、そのぼんやりとした希望には覚悟というものが欠けている。そう、七音自身も理解はしていた。だが、歌の道から、彼女は両親によって頑《かたく》なに引き離されてきたのだ。それでいて決して下手なわけではなかった。平凡な成績の中、音楽だけは突出している。運動も勉強も苦手な身には、小さい頃からの唯一の特技と言えた。だが、それを磨くために専用のレッスンを受けたり、音楽系列の学校に進むことは夢のまた夢だった。

加えて、バイトまで禁止されている。ただの高校一年生にとって、この状況は厳しかった。独りカラオケに行ったり、一日レッスンへと隠れて顔をだしてみるのがせいぜいだ。

それでも夢のためならば、今から鋭く将来を見据え、修羅になるべきなのだろう。だが、残念ながら、七音はおっとりとした性質で闘争は苦手だった。結論を急ぐことは難しい。

それでも一応、彼女にも『こうなりたい』と望む理想像は存在した。

憧れの相手が、七音には二名いる。


その片方は、絶対的な象徴、輝けるスタァ。

インターネット出身の歌手、Arielだった。


完成されつつも実像は謎の、幻想の歌姫。そのアバターを見たことのない人間は、最早《もはや》ほぼいないだろう。だが、現実の個人としての彼女のプロフィールは、徹底的に伏せられていた。だから、そのファンたちも、Arielに対しては曖昧かつ神聖な印象を抱いている。

今や、彼女は眩《まぶ》しい星。咲き誇る花。掲げられた王冠のごとき存在だ。

当初、Arielは『歌ってみた』を中心とした、少しばかり名の知れた歌い手にすぎなかった。だが、合成音声ソフトを使用した人気作曲家とのコラボを皮切りに、その知名度は超新星のごとく爆発した。当該の曲は、特に若者層を中心にヒットし、社会現象にまで発展したのだ。以降、彼女はアニメやゲームのオープニング曲を複数担当、そのすべてにおいて結果をだしてみせた。代表曲のMVの再生回数は、今や億を超えている。

人は語るのだ。Arielは女帝の声を持つ。

その低音の力強さと、悲壮ともいえる厚みは特に高く評価されていた。いまだに、彼女の勢いは止まることを知らない。これからも、パレードじみた快進撃は続くものと考えられていた。だが、先日のことだ。その評判に、はじめて明確な翳《かげ》りが射《さ》した。

モニターによる映像演出と、タイポグラフィーを多用した、サードライブ。

【檻《おり》の中のイドラ】

それについての評価が荒れに荒れたのだ。はじまりから高音の伸びが悪く、ライブ後半に至っては得意の低音まで潰《つぶ》れていたという。定番のアンコールもなかった。

ファンの間では喉の調子を案ずる声が多くあげられた。同時に、アンチからは抽選倍率が高く、価格設定が比較的高かったというのに、プロ意識に欠けるのではないかとの批判が噴出した。ＳＮＳのそこかしこで争いが勃発し、議論が嵐のごとく巻き起こった。だが、今のところ Ariel は公式コメントをだしていない。不調の真偽も沈黙のカーテンの向こうだ。

だが、七音《ななね》もふくむ、多くの人間が信じていた。

（それでも、Ariel の『絶対』は揺るがない）

彼女の活躍は圧倒的だ。純白を纏《まと》った女王。ヴァーチャル空間に君臨する、現代の歌姫。多少の不調に見舞われたところで、その牙城が崩れることなどないと思われた。今、歌を夢に掲げる立場の人間で、彼女に憧れを抱かない者は少数派だろう。あるいは妬むか、憎むかだ。無関心を貫くにはArielという存在は大きく、異質すぎた。一応、前例は他に存在する。だが、マスメディア発祥ではない、歌姫としての新たな成功の形を確立したのは明らかに彼女だ。その登場は、多くの少女たちに甘美な夢を見させ、眩《まぶ》しい希望を与え、挫折と絶望も突きつけた。第二のArielを目指して、屍《しかばね》と化した者の数は計り知れない。

それでも彼女は美しい象徴であり、崇拝に値する偶像だ。故に多くの人間がArielに焦がれ続けている。七音も歌姫の見せてくれる光だけを、まだ一心に仰いでいる立場にいた。


同時に、彼女にはもう一人、憧れの対象がいた。


しかも、絶対的な歌姫であるArielより、七音は『その少女』のことを深く慕っている。彼女のことを見守りたい。追いかけたい。

すばらしい才能を広く知られ、羽ばたくさまに拍手をしたい。

そう、七音は心から望んでいた。だが、『その少女』の本当の名前も、現実の外見も、彼女は知らない。それでもよかった。七音の場合、公開されている情報量の多さと向ける愛情の大きさは比例しない。相手の成功と幸福を切に願い、彼女はただ応援を続けている。

少女の、歌い手としての名は、神薙《かんなぎ》。

いわゆる、七音の『推し』であった。

＊＊＊

「よかった！　まにあったー！」

安堵《あんど》の声をあげて、七音《ななね》は自室の椅子へと飛び乗った。広めの座面を活《い》かして両膝を立てて、ペンギン型のクッションごと胸に抱える。風呂あがりの身体《からだ》は、ホカホカと温かかい。その熱を逃さないようにカーディガンを羽織りながら、七音はウキウキとつぶやいた。

「お風呂の順番がズレちゃったときは、もうダメかと思ったよ。めちゃくちゃ急いでよかったー。開幕から見れるのいいなぁ、嬉《うれ》しいなぁ」

高校生になっても使用継続中の学習机には、勉強に活かすことを名目に買ってもらった、低スペックのノートパソコンが置いてある。その電源を入れ、七音は湿ったままの甘茶色の髪を耳にかけた。こちらは自分の小遣いを貯《た》めて買った、値段のわりに評判のいいヘッドフォンを装着する。そうして、鼻歌混じりにブラウザを立ちあげた。迷うことなく、目当ての動画共有プラットフォームへと飛ぶ。ちらりと、彼女は現在時刻へ目を走らせた。

「あと数分、か」

クリーム色のワッフル生地のパジャマの下、七音はほぼない胸を高鳴らせた。ある配信ページを、クリックする。祈るような気持ちで、彼女はそのまま開幕を待った。

「今日は機材トラブルとか、そうでなくってもいきなりの中止とかないよね……お願いします。久しぶりなんだよ。どうか無事に始まって……」

やがて、時間となった。パッと画面が切り替わる。シンプルなモノトーンの空間が表示された。廃墟《はいきょ》の中のコンサートホールを意識したという画像を背景に、とある少女のアバターの上半身が映しだされる。長く艶《つや》やかな黒髪に、切れ長の青目が美しい。白い肌には、肩出しのシックなドレスがよく似合っていた。だが、有名な配信者たちと比較すれば、地味な装いに思える。彼女の全身からは、現実寄りなデザインへのこだわりがうかがえた。その選択の結果は、よく言えば上品で、悪く言えばキャラクター性に欠けている。

少しの沈黙の後、画面の少女はゆっくりと声を押しだした。

『えっと、繋《つな》がって、ますか？　どうも、お久しぶりです。長く、配信ができなくて、ごめんなさい。ちょっと、疲れちゃってて……覚えてる人、いるかな？　前に、もっと聞いてもらえる歌姫を目指したいって言ったのに、ダメだよね、これじゃ……えっと、今日からは、ちゃんと復活しましたので、これからは、もっと頑張ります』

「きった！　繋がってます！　わー、本当にお久しぶりだねえ。助かる！　『神薙《かんなぎ》』の新曲お披露《ひろめ》目生配信、助かるよお」

口元を押さえて、七音は興奮を並べたてていく。大きな目をひとしきりうるませた後、彼女は慌ててキーボードを叩《たた》いた。言葉を選びながらも素早くコメントを打ちこんでいく。

ななねこ〈おつかんなぎー！　配信ずっと、本当に、楽しみに待ってました！

ななねこ〈疲れてるところを、ファンのためにありがとう！


七音《ななね》の喜びの声が、画面上を流れていく。だが、それだけだ。

遅れて、他にもあいさつの言葉が投げかけられた。だが、人気配信者と比較すれば、その数は圧倒的に少ない。そもそも同接者自体が、悲しくなるほどにわずかしかいなかった。

しばらく沈黙したあと、神薙《かんなぎ》は小さく微笑《ほほえ》んだ。

『【ななねこ】さん、【山崗《やまおか》キヨシ】さん、【lulu】さん、ありがとう……特に【ななねこ】さんはいつも来てくれるし、真っ先に声をかけてくれますね。他にも配信中の歌い手さんは多いのに……いつも、私を選んでくれて嬉《うれ》しい、です』

「うあああああっ、推しに認知されてるううっ！　投げ銭も全然できてないのに！　私のほうこそ嬉しいよおお。ううっ、神薙は優しいねえ。大好き、大好き」

パタパタと、七音は足を動かした。縞《しま》柄のルームソックスで宙を叩《たた》く。あまり騒いではならなかった。母に知られれば、くだらないものを見るなと怒鳴りつけられることだろう。

だが、胸の奥から湧きあがる喜びを、七音は抑えきることができなかった。

「もう一年半、か……最初から応援できてよかった」

なにを隠そう、七音こと『ななねこ』は、神薙のファン第一号だ。チャンネル登録についても、堂々の一番手を誇っている。欠かさず情報をチェックし、更新に一喜一憂している人間は、SNSでも他には見かけなかった。そう、神薙は決して有名な歌い手ではない。

こうして生配信まで訪れる視聴者も少なければ、投稿動画の再生数も軒並み奮わなかった。オリジナルどころか、有名曲の『歌ってみた』でさえ伸び悩んでいる始末だ。

その理由は、七音の目から見ても明らかだった。

神薙は投稿速度が遅い。

バズった曲がでても、彼女はすぐには歌おうとしなかった。と言うよりも『歌えない』、らしい。神薙は己の中で歌詞や旋律を噛《か》み砕き、理解し、昇華するまでに時間がかかるタイプだった。その間に、聞かれやすい上位は、有名な歌い手による投稿で埋まってしまう。

更に、神薙は他の歌い手や作曲者とのコラボも行おうとはしなかった。MVの作りも地味だ。SNSの運用についても堅苦しく、事務的だった。身も蓋もなく言えばヘタクソだ。

だが、七音は、そんな神薙のことが大好きだった。

配信者としては致命的なほどの不器用さは、真摯さや奥床しさ、更には臆病とも呼べる優しさのせいなのだろう。そう、好意的に捉えている。だが、七音は画面上の神薙しか知らなかった。思い描いている『繊細な少女像』は、将来的には全否定される可能性も高い。

同時に、たとえ想像のすべてが誤りであったとしても、七音には神薙を好きでいる自信があった。ファン第一号としての愛情と熱意は伊達《だて》ではない。

そんな七音の真剣な視線の先で、神薙はふたたび口を開く。

『それじゃあ、雑談は苦手なので……いつもみたいに、さっそく歌っていきましょうか……えっと、そうだ。新曲は、これもいつもですが、最後になります。皆さん、どうか楽しんでいってください。じゃあ一曲目は……『人間みたいな』」

ななねこ〈待ってました！　大好きな曲です！

すかさず、七音《ななね》はコメントを打ちこんだ。そしてハシッと、ヘッドフォンに手を押し当てる。目を閉じて、彼女は曲に集中した。まず、淡々としたピアノの音が流れだす。

雨音にも似た高音の連なりに、神薙《かんなぎ》の声が重ねられはじめた。

『なぜ　どうして　この寂しさはこの悲しみは　あるのだろう』

『人間みたいな』は、神薙のオリジナル曲の中で最も再生数が多く、評価も高い一本だ。

全体的なリズムは繊細でありながら、奥底には強い感情を秘めた曲である。

厚みをもたせて歌いあげるのには、かなりの実力を必要とした。だが、神薙は切実に重く、それでいて透明に、社会への苦悩と世界への疑問を紡ぎあげていく。その声には、聴く者の感情を揺さぶり、掻《か》き乱すだけの力があった。夢中になって、七音は歌に没頭する。

そう、七音が神薙を『推す』一番の理由はこれだった。

神薙は独自の感性を持つと共に卓越して歌が上手《うま》い。高い技術を持っている。だが、なによりも感情の乗せかた、荒削りの想《おも》いやメッセージを生々しく伝えることに秀でていた。

「……本当に、綺麗《きれい》だなあ」

ぽつりと、七音《ななね》はつぶやいた。Arielの堂々とした低音も魅力的ではある。だが、彼女の歌には、豪華かつ惜しみない加工技術によって飾られている部分が少なからず存在した。

それが悪いわけではない。ライブではなく、くりかえし再生される音源に対して最高の調整をほどこすことは、行って当然の工夫だろう。だが、その虚飾の王冠めいた華やかさより、神薙《かんなぎ》の生々しくも痛々しさのある歌声のほうが、七音の胸には刺さっていた。はじめて耳にした時から、心臓を貫かれ続けている。以来、神薙という存在は七音の宝物だ。

（あなたを見つけられたことを奇跡みたいに思えたんだ）

まるで砂の海から、青い宝石を探しだせたかのように。

『だから君には応えて欲しい　透明なこの空の下　灰色の僕らの　見失ったホントの形』

歌は終盤に差しかかる。不意に、背景の音が消えた。

暗闇にも似た静けさの中に、神薙の声だけがひびく。


『人間みたいな　ヒトにもなれない　人間みたいな』


そこで、歌は終わった。七音は『ななねこ』として、惜しみなく拍手の顔文字を打ちこむ。いつのまにか、同接者の数は増えていた。他にも、賞賛のコメントが複数流れていく。

ぺこりと、神薙は頭をさげた。そのまま、彼女は次の歌へ入っていく。

視聴者を楽しませる会話術や遊びが、神薙の配信には皆無だ。せっかく直接言葉を届けられる機会だというのに、己のキャラクター性を示しそびれている。最近では歌い手にもアイドルとしての魅力が求められるため、そこも人気のでない理由のひとつだろう。だが、七音はそんな欠点など気にしなかった。神薙には、この歌声があれば充分だ。

いつか、彼女はArielを超える歌姫になる。
そう、七音は神薙の歌唱力を盲信していた。

恵まれた才能には、祝福があるべきだ。
そう、七音は誰より強く考えてもいた。

神薙はこのままでは決してバズれない。
その事実からは、目を背け続けていた。

＊＊＊

『ここまでお付きあいくださった皆さん、ありがとうございました。最後に、新曲です。【答えなどない】』

ななねこ〈このために生きてきましたー！

コメントを打ちこみつつも、七音《ななね》はすぐさま歌に集中する。

はじまりから低く、陰鬱な音が流れだした。そこに悲鳴じみた、押し殺した声が重ねられていく。バラード調の一曲には切なくも虚無的な舌触りがあった。

いつもどおりに、七音は好きだ。だが、どうしても考えてしまう。

客観的に言えば、コレは重すぎた。特にネット上で人気を誇る、『中毒性』とはかけ離れている。主流と真逆の路線だ。だが、独自の曲を定期的にだせることが、神薙《かんなぎ》の強みでもあった。確か、以前に曲の作成自体はバンドマンの兄に頼っていると語っていた。だが、歌詞を書き、まずは神薙によるアカペラでの提案を経たあと、共に形にしているらしい。

その才能と世界観にも、七音は畏敬の念を抱いていた。同時に、心配もしている。

神薙が歌姫として大成するには、まず『見つけられること』が必須だ。七音が彼女に巡りあえたのは、ピンッとくる歌い手がAriel以外にいない現状に飽き、片っ端から動画を漁《あさ》ったせいだった。一方で、通常のリスナーはそんな努力などしない。誰にも知られなければ、海色の宝石も路傍《ろぼう》の小石にすぎなかった。だが、今の路線のままでは難しいだろう。

一度だけでもいい。Arielがバズった時のように、有名な作曲家とのコラボを組めれば。

「でも、そんなの神薙のスタイルの否定になるし、独自色を塗り潰《つぶ》しかねないし、それに」

なにより、恐らくだが、神薙の財力にそれほどの余裕はなかった。
依頼曲やMVを身内に頼ることなく、作成できないほどまでに困窮してはいないだろう。
しかし、名前だけで多くが飛びつくような相手との大型コラボなど、夢物語に思われた。
ぐっと、七音は唇を噛《か》む。ささやかにでも、自分が支えられればと考えてしまった。『推し』の物理的な力になれない。それは悲しいことだ。だが、その考え自体が傲慢で、神薙の意に沿わない期待の押しつけかもしれないとわかってもいた。曲の歌い終わりに、せめてもと七音は三千円を添えてメッセージを投げた。明るくも純粋な感想だけを伝える。

ななねこ〈おつかんなぎー！　新曲は【そうして穴を掘っている】の伸びが最高！　神薙の歌大好き！

『【ななねこ】さん、【lulu】さん、【イガグリ45】さん、ありがとうございます。特に、【ななねこ】さん、毎回ありがとう。無理は、しないでね。みんなに聞いてもらえるだけで、本当に嬉《うれ》しいです……それじゃあ、新曲お披露目《ひろめ》配信終了、です。チャンネル登録と……この後に投げるMVの再生も、よろしくお願いします。お疲れ様でした』

バイバイと、神薙は小さく手を振った。簡潔に、彼女は配信を切る。視聴者による拍手のコメントが、流れては消えた。配信終了の画面が表示される。だが、『ななねこ』こと七音《ななね》はウィンドウを閉じることができなかった。感激に、彼女は打ち震え続ける。

「う、嬉《うれ》しいいい。嬉しいよぉ。こんなことあって、いいのかなぁ」

久しぶりの配信だというのに、神薙《かんなぎ》は覚えてくれていた。

最早《もはや》、『推し』に認知されている事実は確定と言えるだろう。しかも、こちらの心配までしてくれた。恐らく毎回少額なことからも、七音の年齢や懐具合を察して案じてくれているのかもしれない。神薙の淡々としたクールさの中に滲《にじ》む、その優しがただ嬉しかった。

七音は、大した支援もできていないというのに。


「臓器、売ろうかなぁ………」

思わず、限界オタクがでた。


流石《さすが》に、ソレはまずい。自分のためにファンが腎臓を片方手放せば、神薙が悲しむ。それに、七音は適切な販売ルートを知らなかった。知っていたのならやるのかと問われれば、可能性は微妙に存在する。しばし悩んだ後、七音はハッとした。

ブンブンと、首を横に振る。そうして、彼女はようやく配信画面を閉じた。

「いけない、いけない、危険思想だ。厄介信者はNG。うん、今夜の配信も最高だった！　私も歌はぁっ、いつか、ライブで観《み》れないかなぁ。できれば……本当にできればだけど、私も歌い手になって神薙と繋《つな》がれたりとか……せめて、もっと直接感想をたくさん……うん？」

友人用とは別の、各種歌好きな人々と繋がっているSNSに飛ぶ。本日の神薙も最高だったと叫ぶつもりでいた。感想投稿という名の地道な布教活動だ。だが、そこで七音は異変に気がついた。時間順の各々の書きこみが、おかしなモノと化している。

そこには混乱の叫びが、生々しく連なっていた。

『嘘《うそ》だ嘘だ嘘だ嘘だ嘘だ』

『なにがあったの？　えっ誤報じゃないの？』

『ごめん、ほんと、涙止まんない。信じられない』

『えっ、えっ、そんなことってある？　待ってどうして？』

数秒間、七音は固まった。否応《いやおう》なく、彼女はなにかが起きていることを悟る。七音の同類たる、歌を愛する面々。彼、彼女たちにとって悪夢じみた出来事が生じたのだ。

なんだか、とてつもなく嫌な予感がした。目を背けたいと、七音は強く思った。このまま、神薙の歌声だけを胸に眠りにつきたい。だが、知らないままでいることも怖かった。

震える指を動かして、七音は画面をスクロールしていく。

そうして、その衝撃的事実を知らされた。

「Arielが………死んだ？」

唯一にして絶対の歌姫が。

虚像の女王が消えたのだ。

幕間劇《まくあい》　Ariel

彼女は知っていた。彼女は理解していた。彼女はわかっていた。彼女は認めていた。

もう、方法はこれしかない。

【時計兎《うさぎ》】の言う通りなのだ。


盲目的な賞賛と絶賛の嵐の中、彼女自身だけは状況を正しく把握してきた。

確かに、彼女は玉座に着いている。神々しい冠も被《かぶ》っていた。それも当然だ。

過去、彼女は『比喩ではなく』死闘に打ち勝ち、スタァの地位を得たのだから。

後のことは、約束された結果にすぎない。予定調和として敷かれた栄光の道を、彼女は歩いてきた。だが、同時に、薄々察してもいたのだ。


偶像の絶頂期には必ず期限が設けられている。

永遠の歌姫など、誰も求めてはいないからだ。


スキャンダル。トラブル。炎上。なんでもいい。墜落もまた、人の無意識下で求めるエンターテイメントだ。ならば自分にも必ず終わりの時が来る。そう、彼女は予測していた。

だから限界が訪れた時、困惑も動揺もしなかった。ただ【時計兎《うさぎ》】に『再挑戦』を求めた。

彼女は思う──これに失敗して、敗れたのならば。

彼女は頷《うなず》く──自分は胎《はら》を裂かれて死ぬのだろう。

無惨に、血塗《ちまみ》れになり、殺されるのだろう。偶像の醜悪な中身を晒《さら》されるのだろう。

それでもよかった。至高の歌姫でいられない以上、この身には屍《しかばね》ほどの価値もない。前回の【少女サーカス】以来、彼女は決めてきたのだ。己には歌しかない。なにがあろうとも、絶対のプリマドンナでいなければならなかった。だから、現在の地位を維持するため、彼女は再び残酷で危険なゲームへ挑むこととしたのだ。

人は語る。Arielはパレードのごとき、快進撃を続けている。

だが、彼女に言わせれば永く砂漠を歩いてきた心地だった。

そして、これからも独り歩き続ける。

第二幕　選抜

「嘘《うそ》だよね……なんで」

憧れの一人が死んだ。

絶対的な、不動であるはずの星が流れ落ちた。

突然の訃報に、七音《ななね》は打ちのめされた。衝撃的な事実に殴られて、心臓さえ止まった気がする。だが、意識が朦朧《もうろう》とする中でも、彼女の手は別の生き物のごとく動きだしていた。恐ろしいほどの速度で、七音はSNSをさまよっていく。原因を知りたい。そう思ったのだ。把握したところでなにも変わらない。そんなことは理解していた。だが、『死』という情報はあまりにも冷たく重く、飲みこみにくい。過程がなければ納得もできなかった。

七音は思う。せめてもう少しだけでもいいから、Arielという歌姫の喪失を胸に納めるための手立てが欲しい。だが、マネージャー発だという文章はどこまでも簡潔だった。

『先日、Arielは亡くなりました。葬儀は近親者のみで済ませております。お別れの会を設ける予定はございません。ご了承を。日々、彼女の歌を愛してくださり、ありがとうございました』

それだけだ。恐らく、事件性はないものと推測ができる。だが、病気か、事故か、自殺かもわからない。案の定、SNS上の嘆きの声は途中から爆発的な炎と化した。

【檻の中のイドラ】に対する、加熱しすぎた批判を原因とする声。喉の不調から、すでに患っていたのではないかと唱える声。果ては特定の病へのワクチン批判や、音楽業界が結託しての犯行ではとの陰謀論を訴える声。異様な熱をもった書きこみが、七音の視界上に並んでいく。ネットニュースや検索サイトのトピックスも、関連の情報で埋め尽くされた。中にはコラボした作曲家や著名な歌い手、MV制作者や絵師の反応も見られた。だが、そのほとんどが戸惑いで占められている。キャラデザ担当絵師ですらも驚愕の声をあげた。

『えっ、なんで俺、聞いてないよ!?』

流石におかしい。黒く粘つく疑惑が、七音の胸の中で渦を巻いた。

(比較的親しく交流していた人や仕事関係者ですら知らない……こんなことってあるの?)

それでいて大手レコーディング会社やアニメ制作スタジオ、ゲーム会社などは、淡々と哀悼の意を示していく。どうやら、企業側は把握していたようだ。一方で個人は知らない。

なにかが変だった。違和感がある。

(これは、ただの『死』じゃない?)

基本、七音は疑うことが苦手だ。それでもなお、疑問を覚えずにはいられなかった。ならば、他の人間もそう思うのが当然だろう。SNSでの議論は徐々に荒れ、歪な方向へと傾いていく。その時だ。致命的ともいえる一撃が投じられた。

『Arielちゃん、どうしたの!?』

「……えっ?」

目を見開き、七音は言葉をなくした。

そんな、ありえない。なんでこんな？


だが、どんなに確かめようとも、画面上の告知文は変わらない。

【少女サーカス】


Arielをメインボーカルに迎えて行われるはずだった、大規模なヴァーチャル音楽劇。

数字こそ冠していないものの、開かれれば第二回にあたる公演だ。使用曲の作成には、『物語詩』に長《た》けた、有名作曲家を起用。人気声優も交えての朗読パートも予定。最新のCG技術の投入も告知されていた――複合芸術の側面も備えた一夜の舞台だ。

主役を失ったというのに、ソレは予定通りに実施されるという。更に、追加のフォームまでもが設置されていた。そこに掲げられた文面が、異様なシロモノだったのだ。


――代わりの歌姫を募集します。

――Arielの玉座に着く少女を。

――我々は、新たなるスタァを求めています。

――ぜひお出《い》でください【少女サーカス】へ。

――あなた様の命を懸けた挑戦を、お待ちしております。

＊＊＊

いっそ華々しいほどに、【少女サーカス】は大炎上した。

行き場を失っていた不安や不満の矛先が、一斉に向けられた結果だろう。単なる罵倒から当然の指摘まで、さまざまな声が噴出した。

不謹慎ではないのか。訃報直後に発表するような事柄ではない。死んだ歌姫の代役を募集するにあたって、『命を懸けた挑戦』との言葉を使うなど冒涜《ぼうとく》的すぎる。

そもそもArielとは唯一無二だ。

彼女の代わりなど、存在しない。

最後の言葉には、ファンから多くの賛同が寄せられた。しかし、その点については七音《なね》は自分でも驚くほどに冷ややかな視線を向けていた。淡々と、彼女は疑問を胸中で転がす。

果たして、本当にそうだろうか？

音楽の分野には歴史に刻まれた急逝の偉人が多い。特にアメリカでは『27クラブ』という、ロックスターの早すぎる死を指した都市伝説まで語り継がれているほどだ。未《いま》だに、彼らや彼女たちは忘れられてはいない。歌は残る。だが、『永遠の空白』など存在しない。

自然と玉座は埋められる。女王の死後も、国は回るのだ。

特に、ヴァーチャルという架空の舞台に君臨する、現代の歌姫は地位が不安定だった。

彼女たちは常にアバターであり、現実世界の人間としては存在が希薄だ。それでも成り立つ背景には膨大な支持と多量の反感、『現実のアイドルより身近である』という、憧れと表裏一体の侮蔑があった。なればこそ、その『死』への衝撃も弱い。何故《なぜ》ならば、死体も遺族も、リスナーからは見えないからだ。故に、代わりを用意されれば、大衆は恥ずかしげもなく飛びつくだろう。いいも悪いもない。単に、そういうものなのだ。

七音もArielが好きだった。彼女の歌声を評価してきたし、功績を称《たた》えている。Arielの絶対的で圧倒的な『これから先』を信じてきたし、夢も描いてきた。

だが、死んだ以上、世に遺《のこ》るのは『人』ではない。

媒体に封じられた声と、歌だけだ。

そして、時にはそれすら失われる。

(今回のこと、神薙《かんなぎ》はどう思っているんだろう?)

そう、七音《ななね》は考えた。すでに歌い手のほとんどがAriel の死に関してなんらかの気持ちを表明している。皆が想《おも》いを綴《つづ》っていた。善く言えば切実に、悪く言えばノルマのごとく。目立つところでは、代表的なフォロワーである『シスター・アリア』が深刻な動揺を露《あら》わにし、長年のアンチである『アエル』が変わらぬ罵倒を吐いて炎上した。だが、時間の経過に連れ、前者は『信者向けのパフォーマンス』、『Ariel のファンも取りこむ気だろう』との批判が強まった。後者は『ある意味、一貫している』、『むしろ愛では?』と、双方の評価は入れ替わりつつある。かくも、人心とは移ろいやすいものだ。

そして、神薙《かんなぎ》は普段通り沈黙を続けている。

彼女の胸の内が、七音にはわからなかった。

＊＊＊

「……えっ、なんで? 嘘《うそ》、だよね」

数日後、七音は驚きの声をあげた。

嵐のような批判に晒《さら》されながらも、【少女サーカス】は告知を撤回しなかったのだ。特に激しく糾弾された、『命を懸けた挑戦』との言葉こそ消去された。だが、謝罪文はない。それどころか、『新たな歌姫』へ向けての募集要項が追加されたのだ。

その一、経歴、実績は問わない。素人でも可。

その二、各審査過程における合否の公表は避けること。

その三、最終合格者の辞退は禁止とする。


条件を読み、七音は腕を組んだ。情報や条件が少なすぎる。だが、それらについては、恐らく応募した人間か、書面審査通過者のみに明かされるものと推測ができた。最下部のフォームへ、七音は目を走らせる。ここにメールアドレスを記入のうえで送信すれば、審査登録用ページのＵＲＬが自動返信される仕組みらしい。

目を閉じて、七音は考える。

やはり、なにかがおかしい。

Arielの死の謎もふくめて、現実の一部が歪《ゆが》みはじめているかのような錯覚に襲われた。星が堕《お》ちたあとに黒い穴が残され、多くのものを吸いこもうとしている。そう思えてならない。同じような違和感と危機感を覚えている人間も多いだろう。そもそも、だ。最重要人物が死んだ。それなのに【少女サーカス】が中止されないこと自体が間違っているのだ。

（でも、応募をする歌い手の人は多いんだろうな）

あまりにも、確約された地位が大きすぎた。なにせ、【少女サーカス】のメインボーカルだ。公募のタイミングに問題があった以上、選ばれれば非難は避けられない。言葉の弾丸が降り注ぎ、敵意が心臓へと突きたてられるだろう。重圧も緊張も、通常の配信とは段違いなものとなるはずだ。だが、注目度も圧倒的に高い。石を投げながら、皆も理解をしていた。この舞台に選出された代役こそ、Arielの後継となる可能性は高いだろう。事実上【少女サーカス】は次代女王の戴冠式のようなものだ。

ただ一夜で、主演の世界は激変する。

新たな歌姫へと生まれ変われるのだ。

正直どれほどの数の志願者が集おうとも、通常の活動よりは夢があった。血の滲《にじ》むような努力と大金が必要なプロモーション、それを嘲笑《あざわら》うかのような運の要素に頼り続けるよりよほど希望は持てる。すでに何名かの歌い手は参加を表明していた。黙したまま応募を済ませた者はそれよりも多いだろう。倍率が何十倍、何百倍になるのかは見当もつかない。

そして実は、七音《ななね》自身も迷いに迷い、揺れていた。

「……経歴、実績は問わず。素人でも参加可能、か」

子供部屋の椅子の上で、七音はいつものように膝を抱えた。詳細な参加条件は不明だ。蓋を開けてみれば、最低限、投稿動画やオリジナルソングを求められる可能性だってある。奇跡的に一次選考を突破できたところで、オーディションのための遠出や宿泊が必要になる場合、両親の許可は降りはしないだろう。だが、と、七音は思うのだ。

両親は現実主義だ。どのような形であろうとも、才能で生きていく職種は信じていない。だが、権威には弱い面がある。そんな二人に対して【少女サーカス】の開催規模とスポンサー数は説得材料になり得た。逆を言えば他の道は難しい。大学に進み、一人暮らしを許されるまで、歌のための活動など無理だろう。下手をすれば就職にも干渉される可能性すらあった。ならば今ここで挑戦を望まなくてどうするのか。応募だけならば自由のはずだ。試しに送ってみればいい。そう思う。だが、なにかがおかしいのだ。

【少女サーカス】は歪《ゆが》んでいる。

――代わりの歌姫を募集します。

――Ariel の玉座に着く少女を。

――我々は、新たなるスタァを求めています。

――ぜひお出《い》でください【少女サーカス】へ。

――あなた様の命を懸けた挑戦を、お待ちしております。

【少女サーカス】の Ariel に対しての姿勢は誠実ではない。脳裏では、嫌な予感が警鐘を鳴らし続けてもいた。だが、所詮はダメ元の挑戦だ。入り口に立つことすらなく、踵《きびす》を返すのも違う気がする。椅子の背を、七音《ななね》はギシギシと軋《きし》ませた。

「……うーん、本当にね。どうしようかな」

悩みながらも、彼女はネットの海をさまよう。

すでに大多数の人間は話題から離れていた。だが、七音が主に交流している層は喪失を引きずっている。そこには未《いま》だに絶えることなく、Arielへの言葉が並べられていた。また、別界隈《かいわい》では陰謀論が収まることなく盛りあがり続けている。こちらについては『歌姫の不可解な死』だけに疑問をていしたい層と、ロスチャイルドやディープステートと繋《つな》げて膨らませたい層が対立したり、一部融合を見せはじめている。どこもかしこもカオスだ。

そんな中で、ある異質な書きこみが、七音の目を引いた。

「これ、って」

『人気や知名度には【裏】があるんだ。過去のスタァやカリスマもみんな嘘《うそ》なんだよ。偶像とは虚像。それどころか、虚無。用意されたハリボテを、私たちは仰いでいるにすぎない。命が天秤《てんびん》に懸けられる別の舞台。そこですべては決められているんだよ。頂点には実績も努力も関係ない。単なる殺しあいの成果を、私たちは信じて、信じて……ああ、聞こえる。【時計兎《うさぎ》】がカチコチ、カチコチ。うるさい！　うるさい！　私に構うな！　私は止まらない！

これは真実の啓蒙《けいもう》だ。皆は目を覚まし、管理された蜂の巣からでて、あのサァカスに掲げられし、処刑台を解放せよ！　パレードを続けるんだ私たちは家畜ではない奴隷ではない証明の必要がある無意識の渇望を否定し羨望を焼却炉に放りこめ！』

『お願い、信じて！』

何分割もされた長文の書きこみは、簡潔な一行によって終えられた。

不意に正気にもどったかのような叫びと共に、更新は途絶えている。

七音は投稿者を確かめた。アイコンは食べ物の写真で、名前は数字だ。

フォロー数は〇人。一方で、フォロワーは数人いるものの、これは後から増えた数字だろうと推察された。投稿者はアカウントを作成して長文を投稿後、完全に沈黙したのだ。

意味がわからない。

この尋常ではない叫びの連なりを、七音が見つけられたのは偶然だった。陰謀論の混沌《こんとん》の中をランダムで飛んでいたらいつの間にか行き着いたのだ。意識して掘り起こすのは不可能に近いだろう。運命的なモノを覚えて、七音はゾッとした。だが、冷静に考えればコレは壊れた人間の残した無意味な落書きにすぎない。意味を探すこと自体が馬鹿げていた。

ぐちゃぐちゃに重ねられた線の中から、人間の輪郭を読みとろうとするかのようなモノだ。

それなのに、七音はある部分から目を離せなかった。

『あのサァカスに掲げられし、処刑台を解放せよ！』

（……サァカス。サーカスと言えば）

止《や》めよう。瞬間、七音は決意した。

応募なんてしないほうがいい。それどころか、【少女サーカス】にまつわるすべての情報を遮断すべきだ。そう決意する。強引に気分を切り替えて、七音《ななね》は検索するのを止《や》めた。恐らく更新はないだろうが、『推し』のアカウントの通常運営ぶりを見て落ち着こうと試みる。だが、そこで思わず、七音は言葉を失った。第二の衝撃に、彼女は打ちのめされる。

「まさか、神薙《かんなぎ》が⁉」

【少女サーカス】に応募するというのだ。

＊＊＊

『私を応援してくれている人の中にも、【少女サーカス】の告知について不満や反発を覚えている方が多いと思います。それをわかっていて、黙ったまま選択をするのは卑怯《ひきょう》かなと考えました。だから、お知らせをします』

言葉を選んだ、たどたどしい書きこみ。それを思いだしながら、七音はフリーメールのアドレスを送信した。受信ボックスを開き、更新を連打する。やがて簡潔な文面と共に、応募用のページのURLが送られてきた。迷うことなく、七音はリンクをクリックする。真っ白な画面が表示された。そこに紅文字で、異様な問いかけが浮かびあがってくる。

あなたには最高の歌姫の座に至るための戦いに、命を懸ける覚悟がありますか？

ＹＥＳ／ＮＯ

『私は【少女サーカス】のオーディションに申しこみます。挑戦を、したいです。Arielは、私にとっても憧れの人でした。だからこそ、彼女のようになれる可能性が提示されているというのに、目を背けることはできません。この選択を軽蔑する方も、当然いると思います。その時は、私のフォローやチャンネル登録は気兼ねなく解除してください。今まで、本当にありがとうございました』

ＹＥＳだ。

それ以外にはない。

最早《もはや》、七音には他の選択肢など存在しなかった。お試しだからとか。落とされて当然だとか。そんな生半可な覚悟までもが、共に消失している。最終までは進んでみせよう。絶対に喰《く》らいついてやる。そうした獰猛《どうもう》ともいえる決意を胸に、七音は答えをクリックした。

『こんな私を長く応援してきてくれた人がいるんです。ずっと、その期待に応えたかった』

『私は、歌姫になりたい』

（なんだかおかしな、このオーディションで、神薙《かんなぎ》を一人にはさせない！）

七音《ななね》は考える。恐らく、あの異様な書きこみは第一回目の【少女サーカス】の関係者によるものだ。過去のオーディションでも、何か問題が生じたのだろう。Arielの死と業界全体も関与しているのならば、異様なパワハラが常態化している可能性なども考えられる。ならば審査過程で、神薙も追い詰められてしまうかもしれない。そのとき、七音が隣にいれば、彼女に素晴らしさを伝えることができる。あなたは一人じゃないと盾にもなれた。だが、入り口を開かなければ、なにもできはしない。そのためには、己も飛びこむべきだ。そう、七音はページの切り替わりを待つ。同時に、彼女にはわかってもいた。きっと、神薙には迷惑に思われるだけだろう。それでも構わなかった。

七音は、神薙を守りたいのだ。

（先にナニが待とうと絶対に！）

瞬間、ひび割れに似たノイズが走った。

長い沈黙後、パッと画面が切り替わる。

――おめでとうございます！

――第一次審査、合格です！

「……………………へっ？」

呆然《ぼうぜん》と、七音はつぶやいた。意味がわからない。まだ、彼女は個人情報の一つも入力してはいないのだ。いったい、これはなんなのか。もしや、ランダム表示か、新手の冗談か、炎上企画なのかと疑う。だが、続けて、画面上にはどうやら真剣らしい言葉が表示された。

――あなた様の『命を懸けた覚悟』確認させていただきました。以降の手順は、『不合格者』へ送られたダミーの案内とは全くの別物となります。真のオーディションは秘密裏に行われますため、口外は厳禁とさせていただきます。ご了承を。

――第二次審査の日程はメールにてお送りします。

――美しくも悲壮な覚悟を胸に、お待ちください。

パッと、画面は消えた。まるで、七音が読み終わるのを待っていたかのようだ。

ゆっくりと、彼女は息を吐く。全身に嫌な汗が滲《にじ》んでいた。しばらく見慣れた天井を仰いだ後、七音は受信ボックスを開いた。宣言のとおりに新着のメールが届いている。七音は立ちあがった。意味もなく、フローリングの床を歩き回り、トイレに行き、またもどる。

それから覚悟を胸にメールを開いた。ダイレクトメールかと疑うほどに、最低限の文面だけが記された内容を確認する。添えられた日時の告知を、彼女は何度も視線でなぞった。

「……一ヶ月後。つまり応募締めきりの直後、か」

神薙《かんなぎ》は、受かったのだろうか。わからない。

だが、不思議と、七音《ななね》は強く確信していた。

きっと神薙はいる。たやすく合格しているはずだ。

七音の覚悟に、彼女の想《おも》いが負けるとは思えない。

「……いつか会えるのかな、神薙に」

不安と希望が、胸の奥底で渦巻く。

かくして【選別】ははじめられた。

幕間劇《まくあい》　神薙

――おめでとうございます！

――第一次審査、合格です！


そう画面に表示されても、神薙は特に動揺しなかった。

応募直後に謎の審査がくだされる可能性も考えていたからだ。なにせ、コレの仕様は通常のオーディションと大きく違っている。すでに彼女は『その事実』について察していた。

【少女サーカス】はなにもかもが異常だ。

大規模かつ商業的な意味合いを持つイベントでありながら、コネも知名度も実績も無視して、メインボーカルを選ぶなど、正気の沙汰ではない。ヴァーチャルオンリーでの開催とはいえ、スポンサーと協賛企業の多さからだけでも、本来ならばありえないことだと判断ができた。Arielの死にまつわる疑惑といい、すべてが胡散臭《うさんくさ》く、常識から外れている。

だからこそ、万が一の奇跡がありえた。

そして神薙はソレに縋《すが》るしかない身だ。

神薙は知っている。歌唱力はともかくとして、彼女という存在は哀れなまでに自己プロデュースの才覚に恵まれていなかった。度胸もなければ華やかさに欠けており、器用さすら持ちあわせていない。ならば、歌だけで戦える舞台に立とうにも、その足場は狭すぎた。今までにもさまざまなオーディションを受けてきた。だが、結果は散々だ。

時間がない。そう、神薙《かんなぎ》は焦ってもいた。

まだ若いとはいえ、そろそろ明確に将来を見据える必要性に迫られていた。変わることなく、バンドマンである兄は協力的だ。だが、彼が音楽を愛しながらも芽がでない分、両親の期待は最終的に神薙が負う流れと化していた。どうにもこうにも理不尽で難しい話だ。

そして、彼女にも譲れない意地があった。

モノトーンで統一した部屋の中、神薙はぽつりとつぶやく。

「はじまってもいないのに、終われるわけがないでしょう?」

そう、神薙という歌い手はまだ世間に知られてはいなかった。彼女は冷静で、自己評価が低くも賢明だ。未《いま》だに自分が戦場に立ててすらいないという事実を、正しく把握している。歯痒《はがゆ》く不甲斐《ふがい》ない。だからといって独自のスタイルを投げ捨てたうえで、今更流行を探る勇気もなかった。折れて、媚《こ》びて、それでも負ければ、恐らく二度と戦えない。

なによりも、現在の神薙を慕ってくれている、少数のファンを失うことが怖かった。

――――おつかんなぎー! 配信ずっと、本当に、楽しみに待ってました!

ただの文字列のはずの言葉は明るく軽快な声として、脳内で再生された。実際には聞いたこともないのに不思議な現象だ。神薙は憂う。【少女サーカス】への応募を『彼女』はどう捉えただろうか。軽蔑されたか、呆《あき》れられたかもしれない。だが、それでもよかった。

「必ず、私は歌姫になってみせるから」

そうすれば、長年推してきた事実にも、価値と箔《はく》が付くだろう。こんな、つまらない歌い手を選んだことにも意味がでるはずだ。

「だから、待ってて」

薄手の眼鏡《めがね》の下で、神薙は黒い瞳を細める。
彼女は歌を愛していた。だが、それ以上に。
ただ、無邪気に誇ってもらうに値する、唯一の存在になりたかった。
それだけの価値があると思える自分の形に、辿《たど》り着きたかったのだ。
親愛に相応の結果を返すのは難しい。

そのためには、逆転劇が必要だった。

たとえ己の運命を、歪《いびつ》に捻《ね》じ曲げることになろうとも。

第三幕　淘汰《とうた》

あれから一ヶ月が経過した。冬の終わりがけの日々はすぎ、今は春へさしかかっている。陽光は温まり、桜もほころびはじめていた。だが、満開にはほど遠い。その時が訪れれば、校門前の並木道は淡いピンク色に染まることだろう。一方で、七音《ななね》の日常に大きな変わりはなかった。似た性質の子たちのグループに上手《うま》く所属はできたものの、特別な友人などいない。そんな平穏で退屈な日々は、新学年を迎えたところで淡々と続くだけだろう。

安定に対して僅かな諦念を抱きながらも、七音は美しい春の光景は楽しみにしていた。だが、期待の膨らむ季節の移ろいとは別に、眉をひそめたくなるような変化も生じていた。

Arielの死を悼む声は、そのほとんどが消えたのだ。

下手をすれば、全体の『盛りあがり』については数日も続かなかったかもしれない。短期間で、SNS上の話題は移行した。センセーショナルな事件が発生しては流れていった。『永遠の空白』など存在しない。玉座は埋められる。女王の死後も国は回るのだ。

死んだ以上、世に遺《のこ》るのは『人』ではない。媒体に封じられた声と、歌だけだ。

以前、七音はそう考えた。実際その証明のごとく、ネットに置かれたままのArielのMVは猛烈な勢いで再生をされ続けている。毎日のように新規のコメントも追加されていた。

悲しい。寂しい。この才能が失われたことが辛《つら》い。ずっと忘れない。

――私はあなたに救われました。

恐らく、それは本当の言葉だ。そうでなければグロテスクすぎる。だが、己のコメントへ、評価を集中させるための虚言かもしれなかった。

ネット上において、確かなことなどなにもない。ヴァーチャルの世界ではすべてが曖昧で、強烈な断言に対して真実が負けることすらあるのだ。そして怒涛《どとう》のごとく更新される情報の波に洗われて、Arielは薄れて亡霊となり、MVだけが墓標のごとくそびえ続ける。そういうものだ。

一方で、【少女サーカス】の『歌姫』志望者用のフォームもついに閉じられた。流石《さすが》に、その直後は多くの人間が不謹慎さを話題にあげた。だが、翌朝にはもう注目は別のニュースへと移動していた。ただ、七音《ななね》は『応募締めきり』という事実を前に、別の緊張に襲われていた。追加でお迎えしたウーパールーパーのクッションを抱きしめつつ、七音は思う。

(もう、今日の夜だ)

『日常に変化が生じていないこと』――それこそがある意味において、大問題だった。

本来ならば、必要であろう連絡のいっさいが届いていないのだ。審査方法についての情報すらも開示されていない。リモートで行うのか、あるいは前回のようなクリック式か。

それさえも謎のままだ。七音の個人情報も、まだたずねられていなければ、教えてもいない。

実は、偽サイトに釣られたのではないか？　そう心配も覚えた。だが、ネットの履歴を確認した限りでは、公式ページから応募した事実に誤りはなかった。

確かなことは、ただ一つだけだ。

今夜の二十三時にメールが届く。

随分、遅い時間だ。自然と、七音はシンデレラを連想した。歌姫となるため、少女たちにはなんらかの魔法が与えられる。だが、日をまたげば解けてしまう。そんな、夢物語だ。

奇跡を永遠にしたいと望むのならば、勝つしかない。

そういった残酷で、ある意味美しい、御伽噺《おとぎばなし》だった。

夕飯を終え母とぎこちなくも他愛《たあい》ない話を交わし、七音は風呂に入った。自室へ戻り、彼女は待ち続ける。ＰＣの時間表示が変わると共にフリーメールの受信ボックスを開いた。

「ちゃんと来た！　って……ええっ⁉」

思わず、七音は困惑の声をあげた。運営から送られてきた一通には、恐らく審査のためのページへ飛ぶＵＲＬが貼られている。だが、そこに予想外の文面も並べられていたのだ。

——第二審査は実力を見るため、ステージ上で行います。

――可憐《かれん》なる皆様に、ふさわしい舞台をご用意しました。

――華やかなりし、絢爛《けんらん》の仮想空間へ共に参りましょう。

「…………VRゴーグル、持ってない」

つまり、戦う前から試合終了だった。

＊＊＊

「で、でも、VRゴーグルなしで参加できるメタバースだってあるし……これについては必須じゃない仮想空間の可能性も高いよね！　事前連絡だってなかったし！　……パソコンのスペックが心配だけど……どうにかなれ！」

当たって砕けろ。虎穴に入らずんば虎子を得ず。

そう思いきって、七音《ななね》はURLをクリックした。新たなページが立ちあがり、読みこみ中の白画面が続く。やはり、無理か。思わず、七音が唇を噛《か》みしめた時だった。

目の前の画面が砕けた。

「………………はい？」

過剰な負荷によって爆散したのか。一瞬、七音はそう疑った。だが、そんな漫画のようなことが起きるわけがない。そのはずだ。しかし、彼女の常識と世界の法則を裏切るかのように、砕けた画面は空中で静止を続けている。一つ一つの欠片《かけら》たちはガラスのような鋭さと分厚さ、透明度を兼ね備えていた。明らかに、元の液晶とは素材が異なる。

「どういう、こと、なんだろう？」

そっと、七音は手を伸ばした。近くを浮遊する、大きめのモノをつつく。だが、触れられなかった。指は硬そうな表面を突き抜ける。瞬間、七音は理解した。欠片たちは幻覚だ。ココがドコカを、彼女は否応《いやおう》なく悟る。

仮想の空間。

虚構の現実。

「……で、でも、私、VRゴーグルつけてない！　それに」

現代の技術では、相手の部屋の光景に干渉してみせるなど不可能ではないのか。これでは、脳に直接情報を入力され、物理現実にフィルターをかけられたかのようだ。そう、七音が困惑している間にも、ありえないはずの変化は続いた。

天井近くまで、欠片たちは浮上していく。照明を反射して、その表面はキラキラと輝いた。だが、次の瞬間、一気に崩壊した。鋭利な輪郭は柔らかく崩れ、蕩《とろ》けて、垂れ落ちる。

雨が降った。大粒の雫《しずく》はペンキのように濁り、辺り一面を染めていく。

すべてが塗り潰《つぶ》されていく様子を前に、七音は思った。

読みこみ中の、白いページだ。

画面が、切り替えられていく。

端から、視界は色づきはじめた。徐々に、目の前の光景の『データが読みこまれていく』

――不意に、その全貌は露《あら》わにされた。

正面に、円形の舞台が広がっている。

だが、スポットライトに照らされているのは、中央部分のみだ。端は闇へと溶け消えている。頭上を仰げば、何枚もの緋色《ひいろ》の布が波型に留められていた。その間に電飾が通され、無数の星型の灯《あか》りがきらめいている。戯画的な泣いている月と嗤《わら》っている太陽も吊《つ》り下げられていた。重厚でクラシカルでメルヘンな空間を前に、七音《ななね》はメールの文面を反芻《はんすう》した。

――可憐《かれん》なる皆様に、ふさわしい舞台をご用意しました。

――華やかなりし、絢爛《けんらん》の仮想空間へ共に参りましょう。

そこで、七音は気がついた。『共に』、とある。

つまり、ここには運営側の人間もいるはずだ。

慌てて、彼女は空っぽの舞台の周りを確かめた。あまりにも暗闇が濃すぎて、正確な広さすら定かではない。だが、恐らく観客席に相当する場所には、誰かがいるように思えた。

見えない、多くの、ナニカが。

（…………ナニカ？）

自身の無意識的に選んだ言葉の異様さに、七音は愕然《がくぜん》とした。ナニカとはなんだ。人間以外の存在が舞台を鑑賞するなどあってはならないことのはずだ。だが、笑い、さざめき、ざわめく者たちは明確な実体を持つようには何故《なぜ》か思えなかった。彼らには肉も骨もない。

だが、『そこにいる』『無数の視線として』『開幕を待っている』。

ソレと似たモノを、七音は知っていた。

（――――同接者？）

「ようこそ、いらっしゃいました」

神託のごとく、七音の脳内に単語が浮かんだときだ。しわがれた声がひびいた。その口調は滑らかで、奇妙な品も内包している。老齢の執事を連想させた。そのとおりの姿を思い浮かべながら、七音は視線を動かす。いつの間にか、先ほどまで無人だった舞台中央に小柄な影が立っていた。『彼』の全身を目にした瞬間、七音はひゅっと短く、息を吞《の》んだ。

白い兎《うさぎ》がいた。

『彼』は片眼鏡《モノクル》を嵌《は》め、燕尾服《えんびふく》を纏《まと》い、胸ポケットから太い金の鎖と懐中時計を覗《のぞ》かせている。ややゴシックすぎるが『不思議の国のアリス』にでも紛れこめそうだ。そんな姿を見た途端、七音は記憶の底から、不吉な影が浮上してくるのを覚えた。ＳＮＳの片隅に刻まれていた怪文書が、濁った泡のごとく表層に顔を覗かせる。ぱぁんっと、ソレは弾《はじ》けた。

「あなた様こそ、十人目の新しい歌姫候補です」

――――【時計兎《うさぎ》】がカチコチ、カチコチ。

＊＊＊

「……十人目の、歌姫候補」

「続けてお伝えしますとあなた様は最後の合格者。審査もあなた様で終了となります」

「えっ？　たった十人しか、通過しなかったんですか？」

「左様でございます。覚悟の強さ、絶対の目標、現実への不満足度、勝利への意志、あるいは己を投げだしてもいいという思いこみ――そうした数値が、他の方々には足りませんでした。つまり、あなた様は貴重で得難い金の卵。さあさ、舞台へおあがりください」

頭を深くさげ、【時計兎】は闇の中へ消える。後には、七音《なね》だけが残された。なにもかもがおかしい。現実は、大きく歪《ゆが》められはじめている。そう理解しながらも、七音は無理やり足を動かした。舞台へ一歩近づく。だが、不意に、彼女は己の身体《からだ》に違和感を覚えた。

そういえば、目線がいつもよりも低い。なんだか、足を置いた感じも『薄い』というか……なんともペラッとしている。加えて、全身は重いような軽いような。

「なにこれえええええええええっ⁉」

思わず、七音は叫んだ。ようやく、彼女は重要かつ深刻な事実に気がつく。

変化したのは、周りの光景だけではなかったのだ。七音の肉体はデフォルメされたペンギンと化していた。黄色のフェルトで作られた足は、明らかに見覚えのあるアレだ。

「わ、私、ペン山《やま》ペン次郎《じろう》になってる⁉」

「あっ……そのような名前でございましたか、あのクッション。人間の趣味はそれぞれで……いえ、ゴホンッ。ナイスネーミングセンスと存じます」

闇の中から【時計兎】がそそそっと進みでた。その頭は深くさげられたままだ。フワフワの白くて長い耳がたらりと前に垂れている。器用に姿勢を維持したまま『彼』は告げた。

「誠に申し訳ございません。重要事項をお伝えしそびれておりました。合格者の中で唯一、あなた様は独自のアバターをお持ちではありません。そのため、こちらで急遽《きゅうきょ》、お好みと思われる所有物を参考に、仮の姿をご用意させていただきました」

「絶対に、参考にするべきもの他にありましたよね⁉　神薙《かんなぎ》の個人通販限定のCDジャケットとか！　あっ、でも、推しと似た姿になるのは無理です。解釈違いで死にます。ナイスペン次郎だと思います」

「そちらも検討いたしましたが、神薙様は審査対象のお一人ですので紛らわしいかと……」

「神薙が！」

やはり、第一次審査を突破していたのだ。そう、七音は喜ぶ。だが、神薙もこの不気味な場に招かれてしまったという事実は、考えてみれば複雑だ。加えて、ペン山ペン次郎こと、ペンギンのクッションの顔は、感情に反して僅かしか動かない。変えられた身体は元に戻るのか。そう、七音《ななね》は不安を覚えた。それを察したのか、【時計兎《うさぎ》】は言葉を続ける。

「審査後、あなた様は元の肉体に返られます、ここで得た結果のすべても、正しく現実へとフィードバックされますとも。経験は肉となり骨となる。恐れることなどございません」

深々とお辞儀をしたまま、『彼』は慇懃《いんぎん》に続ける。

瞳にどんな感情を宿しているかは示すことなく。


「美しくも悲壮な覚悟をお見せください」


再び【時計兎】は闇へと消えた。後にはスポットライトの作りだす、光の円が残される。

じっと七音はそこを見つめた。迷いがないわけではない。だが、否応《いやおう》なく、彼女は察した。

戦わなければ勝てない。放棄すれば残れなかった。

舞台にあがらない者など、歌姫ではないのだから。

(ここには、神薙《かんなぎ》がいる)

まだ、彼女は落ちないだろう。なんの心配もなく、七音はその結果を盲信していた。ならば、あとは自分が続くだけだ。必ず、審査を勝ち進む。そう決めて、七音は足を運んだ。

そうして彼女は、
舞台にあがった。

＊＊＊

スポットライトの真ん中に、七音《ななね》はペンギンの姿で立った。照明の調整はどうなっているのか、視界が白く焼かれてしまう。周囲の様子はまるで見えない。ただ、ざわざわと、観客席は一斉に波打ったかのように思えた。続けて、目の前にコメントが表示される。

コ、メ、ン、ト、が、表、示、さ、れ、る？

××××〈ペンギン、かわいいね。逆に推せる。

「あ、ありがとう、ござい、ます？」

AAAA〈でも、一人だけ動物はかわいそう。本当はこんな姿がいいとか希望あるの？

「えっと、神薙《かんなぎ》……憧れの人が黒髪に青色の目をした、クールな美人さんなので、私は白髪に紅色の目の、フワッとした感じにできたら嬉《うれ》しいなって……」

▲▲▲▲〈それはペンギンじゃなくて兎《うさぎ》じゃねｗｗｗ

XXXX〈普通は、憧れの人に似てる姿を選ばん？

92Gb〈謙虚なんだろ。やっぱ、逆に推せるわ。

（この人たち……いや、人間、なのかな。なんなんだろう？）

その口調は、その態度は、決して運営側の人間にふさわしいものではなかった。善く言えば親しみに溢《あふ》れており、悪く言えば軽薄だ。また、妙に画一化もされている。ソレはネットというフィルターを通した、匿名の書きこみたちにもに似ていた。

そう、七音が得体の知れなさにゾッとした途端だった。


猛烈な勢いで、コ、メ、ン、トは荒れはじめた。

縺薙ｏ縺?ｼ〈ってかさ、歌は?〉
驕?∧繧医→〈おまえ、歌姫志望なんだろ?〉
隧ｦ閧馴幕蟋〈なら、歌えよ〉
蟆大・ヮ繧ｵ繝ｼ繧ｵ繧ｹ〈歌えウタエ

突如として蟻《あり》の群れが現れたかのように、視界は文字で埋め尽くされた。その異様さと、奥底に沈む悪意に、七音は圧倒される。同時に、自身を奮い立たせながら、彼女は考えた。

（一理、ある）

歌わない歌姫など、唄を忘れた金糸雀《かなりあ》だ。後ろの山に捨てられても、仕方がない。

栄光の玉座に近づきたいのならば、どのような客を前にしても芸を披露すべきだ。

だが、問題もあった。

（私は教えられていない）

権利を持たない他者の曲を、勝手に使用していいものか判断できなかった。常識は通用しない状況だ。だからといって『審査会場』である以上、規約に反すれば理不尽な落第もありえる。どうしたらいいかを、七音《ななね》は悩んだ。だが、その時、耳底に蘇《よみがえ》る旋律があった。

子守り唄だ。

まともな歌詞はない。ラランランだけのくりかえしだ。だが、それは、七音の唯一のオリジナルソングだった。文化祭にて芝居で使うからと友人に頼まれ、急遽《きゅうきょ》、作成したものだ。録音まで済ませたのだが、客席まで届く音量にすると雑音がひどくて使えなかった。

ゆっくりと、七音は口を開く。そして、アカペラで緩やかな旋律を紡いだ。意外なことに、客席から蔑むような反応は返らなかった。真剣かつ物珍しそうに、彼らは耳を傾ける。

「ラララ……ラララ、ラン……ラララ……ラン」

短くも切ない余韻と共に曲が終わると、拍手さえあがった。複数の顔文字が流れていく。異常な状況下だというのに、七音は思わず嬉《うれ》しさを覚えた。観客に向けて、歌えたこと自体がはじめてだ。落ち着きを取り戻したうえで、コメントが再開される。

山羊《やぎ》〈いいんじゃないかな。素朴だが温かい。声質は綺麗《きれい》だし、伸びしろが見える。

黒猫〈だが、派手さには欠けるなぁ。インパクトを重視するのならどうだろうか？

蝙蝠《こうもり》〈Arielは氷の女王だった。一新ならば白雪姫はありだ。

蟾蜍《ひきがえる》〈ソレに、アレは貴重じゃない？

最後の一言に、七音は目を留めた。

アレとは、いったい、なんだろう？

「…………あっ、…………これ、は？」

そこで、彼女はようやく気がついた。いつの間にか、七音の前には半透明の板が出現している。エフェクトの入りかたや白色の発光具合といい、アニメにでてくるシールドといった雰囲気だ。だが、彼女が驚愕《きようがく》を行動で示す間もなく、ソレは無音のままに砕け散った。

また、わけのわからないことが起きている。そう、七音は深刻な眩暈《めまい》を覚えた。一方で、なにもかもを承知しているというかのごとく、コメントは冷静なまま続けられていく。

白百合《しらゆり》〈防御系は初じゃないか？

黒薔薇《くろばら》〈守りたい人でもいるんだろうね。玉座を競う場にあがるには珍しいタイプだ。

紅鬼灯《べにほおずき》〈俺は選んでもいい。反対者も多そうだけどな。

【時計兎《うさぎ》】〈皆様、最後の評価を終えられましたようで。

最後に表示された名前に、七音はハッとした。やはり、『彼』こそが【時計兎】なのだ。

瞬間、前触れなくスポットライトが落ちた。ガンッという音と共に、視界は深い暗闇に包まれる。同時に人の気配がした。左右に、誰かがズラリと並ぶ。姿形は見えない。だが、確かにそこにいるのだとわかった。無言で佇《たたず》む者たちの前に、パッと新たな灯《あか》りが点《つ》く。【時計兎《うさぎ》】が照らされた。

懐中時計を懐からとりだすと、『彼』は盤面を確認した。小さく頷《うなず》き、宣言をする。

「それでは、第二次審査の結果を発表いたします」

ガンッとふたたび音がした。二人の美しい少女が、スポットライトに照らされる。

思わず、七音《ななね》はギョッとした。自分はまだしも、まさか神薙《かんなぎ》が選ばれなかったのか。そう、考えたからだ。無邪気に、少女たちも勝利を確信して目を輝かせる。だが、【時計兎】は、七音の予想とはまったく正反対の言葉を続けた。

「今回、合格点に達しなかった者……敗北者は、あなた方二名です」

空気の色合いが変わった。

闇に隠された少女たちが小さく喜び、光に照らされた二人が放心のあとに泣き崩れる。

その一部始終を、スポットライトは残酷なほどに、煌々《こうこう》と照らし続けた。

(不合格者だけを照らすなんてひどいんじゃ……あ、れ？　この二人、私、知ってる？)

そう、七音は目を細めた。間違いない。うずくまって泣いている制服姿の少女は、『日《ひ》ノ上翠《のかみみどり》』だ。あだ名は『風紀委員長』の人気古参配信者だった。もう一人の天使のような翼を生やした少女は『柊《ひいらぎ》ロコ』だ。彼女の活動は歌専門かつ人気も高くはない。しかし、スキルマーケットにて比較的安価に依頼を受けているわりに納品物は上質なため、同人ゲームの主題歌方面で名を馳《は》せつつあった。七音が彼女のことを知っていたのは、歌を副業にする場合の参考にと詳しく調べたためだ。あの二人ですら失格するという事実に対して、七音は愕然《がくぜん》とした。己の合格という結果が信じられない。だが、驚愕《きょうがく》に浸る暇はなかった。

ヒュルッと、短い音が鳴らされる。

少女たちの首に太い縄がかかった。

――――ガグンッ――――ボギッ！

操り人形のごとく、二人は宙に吊《つ》りあげられた。

＊＊＊

「…………えっ？」

「貴重で得難い金の卵も、割れてしまえばただの芥《あくた》ですので。芥は贄《にえ》にしかなりません」

淡々と、【時計兎《うさぎ》】が語る。その間も、七音《ななね》は頭上の人影を眺め続けた。

少女二人の細い首は、明らかに曲がってはならない角度で折れていた。その頭部は、丸くて重い果実のごとく、ゆらゆらと揺れている。二本の足の間から、糞尿《ふんにょう》がポタポタと垂れ落ちた。ギイイッという縄の軋《きし》みにあわせて、少女たちの身体《からだ》は無抵抗に半回転したり、もどったりをくりかえしている。まるで吊《つ》り下げられた分銅か、冷凍倉庫の肉塊だ。

生きているものの動きではない。

その更に高みでは月が泣き、太陽が嗤《わら》いながら、犠牲者を見下ろしていた。


どこからか、万雷の拍手が鳴り響く。

ブラボーブラボー、ブラビッシモ！


「……なに、うそ……なんで……ころされ……えっ？　うっ、あっ」

「泣く余裕などございませんよ？　お教えしておきましょう。あなた様の獲得点数は、不合格ラインと一点差でした。つまり、『アレ』が三体となる可能性も充分にあったのです」

暗がりの中、【時計兎】は七音の耳元でささやいた。ヒッと、七音は息を呑《の》む。頭上の絞殺体に、たやすく自身の姿が重なった。慰めるように肩を叩《たた》いて、【時計兎】は告げる。

「しかし、あなた様は勝ち残られた。駒を進められた。お見事！　それがすべてですとも。

我々は割れていない卵を壊すような、愚者ではございませんので……しかし、あなた様の合格は期待値こみだ……くれぐれもその事実を忘れることなく、次回に挑まれますことを」

さもなければ、結果は明らかでしょうから。

預言者のごとく、【時計兎】は断言した。七音から離れて、『彼』は舞台前方へと向かう。首吊り死体を照らしていたスポットライトは、忽然《こつぜん》と消された。何事もなかったかのように、光は【時計兎】だけへ降り注ぐ。胸ポケットから『彼』は懐中時計を取りだした。鼻をヒクヒクさせて【時計兎】は時間を確かめる。一つ頷《うなず》き、『彼』は朗々と声を響かせた。

「時間でございます！　お帰りください、シンデレラにして不思議の国のアリスの皆様方」

——美しくも悲壮な覚悟を胸に、引き続きお待ちください。

——【少女サーカス】、最終審査会場でお会いしましょう。

ボーン、ボーン、と〇時の鐘が鳴る。

魔法は解けはじめた。湿った砂糖菓子のごとく、会場は崩壊していく。頭上から分厚い布が波打ちながら落下した。七音の視界は覆い隠される。なにもかもが、見えなくなった。

緋色《ひいろ》はやがて白く濁り、牛乳の海のように彼女を飲みこんだ。底の底へ深く重く沈んだあと、七音《ななね》は急に吐きだされた。目の前には罅《ひび》一つ入っていない、低スペックのパソコンの画面がある。その中央では、デフォルメされた【時計兎《うさぎ》】のイラストがウィンクしていた。

「……………あ、れ？　私の部屋、だよね？」

どうやら、七音は現実へと帰還を果たしたのだ。

幕間劇《まくあい》　日ノ上翠《ひのかみみどり》

日ノ上翠は安定した人気を誇っていた。

個人配信者からスカウトを経て中堅事務所に入り、そこそこのファンを獲得した。『キタハラ委員会』と呼ばれる、第一期生の中では、筆頭と称されるだけの活躍はしてきたとも自負している。だが、同時に、日ノ上翠は気がついてもいた。

自身の旬は終わっている。このままでは頭打ちだ。

人気が最も高かったときに、恩義など無視して大手事務所へ移籍するべきだった。いや、それすらも現状への言い訳にすぎず、どこにいたところで所詮は同じだったように思える。

日ノ上翠の特徴の一つは、リスナーのマナーのよさだ。これは、日ノ上翠が『風紀委員長』として『皆に憧れられるような、上品でミステリアスな先輩キャラ』を選び、維持してきた結果でもあった。だが、悲しいことに、その初期設定こそが最大の失敗だったのだ。

このキャラ性は崩しにくい。ノレるネタも限られる。

コラボではおいしくない役回りにつかざるをえない。

更に同事務所で、お色気とユーモアで魅せるタイプの新人がでた際には、裏切られたようにすら感じた。日ノ上翠《ひのかみみどり》のキャラを『喰《く》らう』タイプだ。相性はとことん悪い。しかも、相手は『お姉様』を連呼して、百合《ゆり》ネタでガンガン絡んでくる。相乗効果を狙えればよかったのだろうが、返しきれなかった。リスナーを奪われて、精神値を削られた。それでも、日ノ上翠はある誇りに縋《すが》ることで己を保った。新人にはない武器を、彼女は持っている。

歌の上手《うま》さだ。

代表曲の『執行・成敗・風紀委員長！』と『君の過去にもいたかった』の再生数は、五百万回を超えている。特に前者はキャラ崩壊気味の電波曲だが反響は大きく、発表時には話題を攫《さら》った。だが、投げ銭額が大きく、月額料金サービスの継続も長い、古参リスナーたちからの批判も激烈だった。それを受け入れ、あの路線を潰《つぶ》したのは間違いだったのだろうか。わからなかった。続けたところで所詮は同じだったようにも思える。だが、今では新人のコスプレ絵とポップな演出を多用した、エロコメを連想させる電波曲に負けはじめているのも事実だ。アイツのあざといケロケロ声は、徹底的な加工の産物だというのに。

悔しかった。辛《つら》かった。惨めだった。悲しかった。

このまま腐るくらいならば、いっそ死にたかった。

だから、飛び降りるようなつもりで、【少女サーカス】に応募したのだ。

事務所には無断だった。だが、第一次審査合格後、運営側から勝手に連絡を入れられた。日ノ上翠は問いに『YES』をクリックしただけだ。名前すら告げてはいない。この段階で、気がついてはいた。【少女サーカス】はマトモではない。なにかが致命的に歪《ゆが》んでいる。そうわかっていたのだから、第二次審査は断るべきだったのだ。だが、事務所に『応援している』と祝福された以上は無理だった。そうでなくとも、彼女は刻限になったら、URLをクリックしてしまった気もする。所詮は同じだったのだろうか。わからない。

そして『歌え』と言われた時、日ノ上翠は悩んだ。

『執行・成敗・風紀委員長！』と『君の過去にもいたかった』のどちらを歌うべきなのか。捨てた可能性と伸び悩む安定性。迷うことなく片方を選べなかった。長めの空白が生じた。恐らくそれがいけなかった。中には庇《かば》ってくれるコメントもあったが、多くが嗤《わら》った。

――――コイツは、もう終わってる。

だが、どうすればよかったのだろう。どこからなにを間違えたのだろう。わからない。わからない。わからない。首を吊《つ》られる時にも、日ノ上翠には正解などわからなかった。

そしてもう、わかることなどなにもない。

第四幕　招集

仮想現実、時計兎《うさぎ》、虚実の舞台、視線だけの観客、審査の合否、絞殺死体、死体、死体。

殺人と、処刑。

【少女サーカス】

コレは理解の範疇《はんちゅう》を超えた、どころの話ではなかった。目にした光景が確かならばアレは殺人だ。倫理も法律も踏み壊されている。一刻も早く警察に通報をしなければならない。だが、そこまで考えたところで、七音《ななね》は頭の中が真っ白に染まるのを覚えた。

「……どうやって、説明をすればいいの？」

七音の体験はあまりにも異常すぎた。徹頭徹尾、支離滅裂かつ荒唐無稽だ。信じてもらえるはずがない。七音自身も誰かに聞かされたところで、『それは夢だ』と応えるだろう。

「本当に、悪夢みたいだ」

ヨロヨロと、七音はベッドへ移動した。倒れこんで、目を閉じる。精神、体力共に限界だった。一度眠ろうと試みる。だが、泥のように疲れているというのに、底なしの恐怖と奇妙な興奮によって、目は冴《さ》えわたっていた。ヘッドボードを探り、彼女はデジタルオーディオプレイヤーを引き寄せた。耳にイヤホンを押しこんで、一曲を選ぶ。『キリエ』

――神薙《かんなぎ》の自主制作ミニアルバムのラストソングだ。救いを求め、光を信じる心境を綴《つづ》った歌である。再生を押すと、電子オルガンの音色を背景に、儚《はかな》くも優しい声が溢《あふ》れだした。

『神様　どうかどうか　もう一度だけ』

（今頃、神薙はどうしているんだろう）

あの場には、彼女もいたはずだ。恐ろしい光景に対して、神薙は怯《おび》えてはいないだろうか。大丈夫だろうか。心配になる。だが、儚くも美しい声にあやされて、七音《ななね》のまぶたは自然と閉じていった。意識の完全に落ちきる寸前、彼女は祈るようなフレーズを耳にした。

『あの日見た光を　信じているから』

＊＊＊

目覚めれば、休日だった。寝不足なため、これには助けられた。学校に行けるような精神状態でもない。母親と当たり障《さわ》りのない会話を交わし、朝食を無理やり詰めこんだあと、七音は自室へ飛んで帰った。ネットに接続し、高速で巡回する。眠ったことによって、深刻な混乱は収まっていた。そのため、彼女はようやくある可能性に気づけたのだ。

審査用のヴァーチャルの舞台。そこに集められた面々の肉体はアバターだった。

七音自身もペン山《やま》ペン次郎《じろう》と化していたのだ。つまり、現実においては、失格者は殺されてなどいないのかもしれない。そうであれば、絞首刑という演出の悪趣味さに疑問は浮かぶものの、犯罪ではないはずだ。七音は音楽界隈《かいわい》のアカウントを辿《たど》っていく。だが、『日ノ上翠《ひのかみみどり》』と『柊《ひいらぎ》ロコ』に関する死の話題はなかった。ほっと、七音は胸を撫《な》でおろす。

（やっぱり、誰も首を吊《つ》られてなんかいないんだ）

そう、七音は頷《うなず》いた。考えてみれば当然だ。新たな歌姫を選ぶオーディションで、脱落者の首を吊るなど意味がない。あまりにも残酷で、馬鹿げている。常識的な結論がでると、すっかり気が抜けた。検索を止《や》めて、七音は自身のアカウントのホーム画面へともどった。

瞬間、ソレは表示された。

「…………………………えっ？」

七音は、日ノ上翠の所属事務所の公式アカウントを以前からフォローしている。そこが、書きこみを更新したのだ。文章はない。画像だけの投稿だ。七音は震えた。イヤだ。見たくない。怖い。嫌な予感がする。それら一切の負の感情を飲みこんで、七音は画像をクリックした。白い背景に丁寧な文字が並べられている。言葉も多く尽くされていた。だがそのほとんどは、七音の頭には入ってこなかった。一行目に、彼女の視線は釘《くぎ》づけにされる。

『弊社所属のクリエイター日《ひ》ノ《の》上《かみ》翠《みどり》は死去いたしました』

同時に、七音《ななね》は思いだした。【時計兎《うさぎ》】は言っていたのだ。

――審査後、あなた様は元の肉体に返られます、

――ここで得た結果のすべても、正しく現実へとフィードバックされますとも。

――経験は肉となり骨となる。恐れることなどございません。

フローリングの床の上へ、七音は勢いよく吐きもどした。

＊＊＊

――昨夜、合格された皆様、お疲れ様です。誠に残念ながら、敗者は淘汰《とうた》とあいなりました。ですが、この世界の理《ことわり》とは弱肉強食。特にヴァーチャルにて玉座を飾る者にとって、忘れ去られることは死と同じです。そのような些末《さまつ》ごとに、気をとられる者は歌姫志望にも女王候補にもふさわしくない。

——そうは、思われませんか?

——故に、皆様の目にされた光景については、他言無用に願います。

——最も、過去に、誰にも信じてもらえず、錯乱の果てに、SNSへと叫びを書き残した者もおりましたが……その末路については、言わぬが華でしょう。

——他の合格者を知り得たとしても、協力を求めるためのコンタクトは禁止です。確認された場合、双方に対して、相応のペナルティを課させていただきます。今はただ黙して、次をお待ちください。栄光の玉座まではあと少し。戴冠式は華やかに行いましょう。

——ですが、そのためには最後の一人を決めなくてはなりません。だって、そうでしょう? スタァに許されし冠は、たった一つしかないのですから。

——次回が【少女サーカス】最終審査となります。

——美しくも悲壮な覚悟を胸に、お待ちください。

＊＊＊

以上が運営から届いた、新着メールの内容だった。

短く、七音は息を呑《の》む。危ないところだった。彼女は神薙《かんなぎ》のアカウントへとメッセージを送る直前だったのだ。違反行為と知らなかったと訴えたところで、殺人も厭《いと》わない連中が聞いてくれるとは期待できない。下手をすれば、神薙《かんなぎ》をも巻き添えにするところだった。

メールの末尾には、最終選考の日時が添えてある。

次回開催までの期間は短かった。来週の土曜日だ。

「……いやだ。死にたくない。戦いたくない」

神薙のことは心配だ。だが、首吊《くびつ》り死体の揺れる様が、頭から離れなかった。絶対の覚悟が薄れて、消えていく。それに、【時計兎《うさぎ》】が語ったとおりだ。最も脱落の危険性が高いのは、間違いなく七音《ななね》だった。あの二人より、首を吊られてもおかしくはなかったのだ。誰もが首肯するだろう。彼女自身もそう思った。

「……………………ッ！」

たまらなく怖くなり、七音は立ちあがった。階段を駆け降り、リビングの扉を開く。キッチンシンクで、母は野菜を洗っていた。大きな音に驚いたのか、彼女はわずかに振り返る。だが、怪訝《けげん》そうに目を細めただけで、作業へともどった。ぎゅっと、七音はうるさく跳ねる心臓を押さえつけた。過去に、母が味方をしてくれた例などない。それでも、今だけは細い背中に縋《すが》りつきたかった。一縷《いちる》の希望を胸に抱いて、七音は口を開く。

「あの、ね」

コレは違反行為に該当するのだろうか。わからない。【少女サーカス】には口で直接伝えた言葉すらも、知る術《すべ》があるのだろうか。そうだとしてもおかしくはない。彼らの存在は異常なのだ。それでもと、七音は思う。せめて、母には知っておいて欲しかった。

いつも厳しく、不機嫌で、愛情を感じたことなどない。だが、七音の家族で、育ててくれた人で、実の親なのだ。涙が滲《にじ》む。喉がひきつる。震えながら、七音は切実に訴えた。

「お母さん、私、殺されちゃうかもしれない」

七音は待つ。真剣に、彼女は脳内で情報を組み立てた。どうしたのと、聞かれるだろう。嘘《うそ》だと思われないためには、どう話すべきか。それを考える。だが、その必要はなかった。

微塵《みじん》も、母は振り向かない。

簡潔な言葉だけが返された。

「馬鹿言ってないで、勉強しなさい」

そして、七音は審査当日を迎えた。

＊＊＊

薄暗い部屋の中、液晶画面が光っている。

その前で虚《うつ》ろな目をして、七音は膝を抱えていた。今の彼女は、ペン山《やま》ペン次郎《じろう》も、ウパ里《ざと》ルパ子《こ》も放りだしている。二体は仲良く、くったりと床の上に転がっていた。

じっと、彼女はただその時を待つ。やがて、○時を迎えた。約束の日が訪れる。

【少女サーカス】からの、新しいメールが届いた。
だが、今回は件名が以前のモノと異なっている。

――招待状。

「……………はっ」

渇いた声で、七音《ななね》は思わず嗤《わら》った。そう言えば、【時計兎《うさぎ》】は参加者をシンデレラに譬《たと》えていた。だが、招かれる場所が、舞踏会のように美しくも穏やかな催しだとは思えない。行き着く先は地獄だろう。そうと知りながら、七音は【招待状】を開いた。中にはＵＲＬと共に、簡素だが凶悪な一文が添えられている。

――棄権は不戦敗とみなします。

やはり、逃げる術《すべ》などなかったのだ。

それでもと、七音は思う。身近に死なないで欲しいと泣いてくれる人がいたのならば、少しは慰められたのだろうか、と。間違いなく、彼女は死ぬだろう。哀れに無惨に、殺される。心の底から恐怖が湧いた。全身が冷える。怖いと思った。どうせ勝てないのならば、不戦敗でも同じではないのか。リアルにいるだけ、逃げる術もあるかもしれない。そう考えながら、七音は自然と指を動かしていた。ＳＮＳを開き、通知欄の新着をクリックする。

神薙《かんなぎ》が、新たにつぶやいていた。

『私の決意を聞いても繋《つな》がっていてくれる人たち、ありがとう』

『私は、みんなが大好きです。あなたの応援が、私を生かしてくれた』

『これからも、それを伝えます』

『だから、待ってて』

「……神薙は、諦めても震えてもいない」

ぽつりと、七音は呟《つぶや》いた。次の瞬間、彼女は拳を固めた。目元をぬぐう。

行こう、と思った。少なくとも、神薙には会うことができる。それにだ。もしも第二次審査とは形式が異なるのであれば、七音の行動次第で彼女の生存確率をあげられるかもしれない。随分と歪《ゆが》んだ考えのようにも思えた。なにせ、今の七音は自暴自棄になっている。

だが、それでもよかった。

「あなたのことが、大好きだ。それを、伝えに行きます」

間違っていても。

これだって愛だ。


クリックと同時に、ノートPCの画面は砕け散った。欠片《かけら》が溶け落ち、辺りはミルク色の海と化す。前回と同じだ。だが、異なる点もあった。七音《ななね》の全身が輝きだしたのだ。

腕や足、胴体に、それぞれピンク色の光が集まって、ポンポンと弾《はじ》けていく。最後に、目や髪の上も撫《な》でて、きらめきは消え去った。まるで、魔法少女の変身バンクだ。あとには、リボンやフリルを多用した、可愛《かわい》らしいホワイトの衣装が残される。


トンッと、七音は実に愛らしく着地した。

その靴の先が、べちゃりと紅色を踏んだ。


目の前にはコンクリート製の無機質な部屋と、死体があった。粘つく血溜《ちだ》まりの中に、女性が横たわっている。その周りには傷んだ内臓が一定の規則性をもって並べられていた。

「……………………はっ？」

流石《さすが》に、七音も言葉をなくした。覚悟を超越したものをだされると、人間はなにも言えなくなるのだ。そう、学ばされる。最初に来たのは、七音のようだ。遅れて、次々と新たな少女が現れた。一瞬、空間がブレ、そのあとに人が立つ。『転送』としか称しようのない、登場の仕方だった。全員が、目の前の光景に息を呑《の》んだ。だが、叫びだす者はいない。

恐らく、誰もがすでに思い知っているのだろう。

【少女サーカス】はマトモではない。

最後に、黒髪の怜悧《れいり》な美少女が降り立った。残酷な死体を前に、彼女は青く澄んだ目を細める。神薙《かんなぎ》だ。七音は声をかけようとする。だが、その前に、神薙は小さくつぶやいた。

「…………Ariel？」

そこで、七音はようやく気がついた。

床に打ち捨てられた骸《むくろ》。その正体に。

絶対の女王、唯一の歌姫、Arielだ。

「皆様、無事お揃《そろ》いになられましたようで。『アイム　レイト』と叫ばれる方はおられなかったとのこと、なによりでした……まあ、その際には死体が二つとなったわけですが……この結果を重畳と受けとめ、改めて申しあげましょう」

どこからか、【時計兎《うさぎ》】が現れた。盤面を確かめ、彼は懐中時計を胸ポケットにしまう。

コホンと、【時計兎】はわざとらしく咳《せき》をした。そうして深々と優雅なお辞儀を披露する。

慇懃《いんぎん》に、残酷に、『彼』は歓迎しながらも断言した。

「皆様ようこそ、【少女サーカス】へ」

生き残った者こそ、次の歌姫です。

幕間劇《まくあい》　【時計兎《うさぎ》】

さて、そろそろ、軽く説明をしておきましょうか。

昔々、世界には伝説的な、本物のスタァやカリスマがおりました。ですが、ソレらもまた結局はハリボテにすぎません。裏側で、彼、彼女たちを、創りだした存在がいたのです。全ての偶像とは虚像である。それこそが真実。一方で、完全なコントロールは難しかった。だが、今は時代が変わりました。ネット上の配信者や、歌姫、実況者、インフルエンサー……彼らを見ていて一度でも思ったことはありませんか？

何故《なぜ》、こんなシロモノが流行るのだ？

くだらないモノばかり、バズるのだと。

中には他者に迷惑をかけ、大炎上をし、法に触れながらも、なお、視聴数によって大金を稼ぐ者すらいる。それはね、私どものおかげです。彼らはね、冠を被《かぶ》っているのですよ。私どもの与えた、スタァの冠をね。そう、私どもに選ばれ、勝利した暁には、どのようなふるまいをしようが栄華が与えられる。そういうルールになっているのです。モチロン、素質があるか否かは選ばせていただきますよ。円滑な運営のためには、贄《にえ》も必要ですしね。

敗者は殺され、勝者は生きる。

ソレだけが、絶対の決まりだ。

条件こそ過酷ですが、保証はいたします。生き残りには確実な栄冠を。それから先の成功のハシゴは、本人の実績とは関係なく約束をされております。

私？　私どもがナニカ？

ああ、複数のスポンサーはついておりますよ。動画配信サービス会社、各事務所、音楽配信サイト、マスメディアから繋《つな》がる政治的な諸々《もろもろ》……ですが、そんなものは本質ではない。でなければ、人が実際に死ぬヴァーチャル空間など用意できるわけがないでしょう？

我々はネットの意志そのもの。ネットに燦然《さんぜん》と輝くものたちを求める、視聴者の代表。

輝くものたちとは『作られたもの』でなければならない。

栄華を極め、破綻していく偶像――一連の全てがエンターテイメントとして管理されなければならないのです。我々はその大いなる欲望の代表者にして管理者。すべてのスタァの生みの親にして墓場。大衆の味方であり、忠実な奴隷。それが私どもなのです。私は歌姫担当ですが……スタァに関するすべての部門において、我々のようなものが存在します。

さあ、此度《こたび》の舞台をはじめましょう。
次のスタァを、歌姫を決めましょう。

憧れは止まりません。どれほどに実態が醜悪であろうとも、それは美しいモノです。

皆様も、ご存じでしょう？
ならば、歓迎いたします。

改めて、ようこそ【少女サーカス】へ。
美しくも悲壮な覚悟を胸に、生き残れ。

第五幕　八名

つらつらと語り、【時計兎《うさぎ》】は去った。あとには八名の少女が残される。顔を見あわせたあと、それぞれは自然と動きだした。死体からはなるべく離れて、まずは扉を確かめる。

白く、たおやかな手が、鉄の板を殴った。

ショートカットに緑のインナーカラーを入れた、中性的な少女が訴える。

「ダメだ……ここは開かないな。鍵があるかないか以前の問題さ。動かしようがない。見てくれ。縁が完全に埋めこまれているんだ」

その声は低く、背は高めで体格もスレンダーだ。一部にスケルトン素材を入れたジャケットに黒のノースリーブのハイネックニットをあわせ、蛍光インクをわざと散らしたかのようなカーゴパンツを穿《は》いている。女子校の王子様にサイバーパンク要素を併せた印象だ。なかなかに、キャラクター性の強いデザインといえよう。だが、七音《ななね》に彼女のアバターを見た覚えはなかった。もしかして、歌う機会は少ないタイプの配信者なのかもしれない。

「ふうん、使えないほうの扉には『入り口』って書いてあるねぇ」

続けて、紅髪の少女が口笛を吹いた。軍服風のドレス姿で、彼女は肩をすくめる。腰の革ベルトに下げられた、模造刀設定のサーベルが揺れた。加えて、少女は大きめの軍帽をかぶっており、中に後ろ髪をしまっている。目も燃えるような火色だ。BAN回避のためか、上半身は露出が少ない。だが、わかりやすく胸は大きかった。スカート丈についてはギリギリを攻めている。ストレートに、男性ウケを狙ったデザインだ。

身体《からだ》を危うい角度で傾けて、彼女は手近な扉を確かめた。

「で、その左隣は……と『緊急脱出口。ただし、正規の鍵以外の方法で開くことは死を意味します』か……わっかりやすいねぇ。解釈を挟ませる余地もありゃしない」

華やかな美少女だ。彼女の存在は、七音も知っていた。なにせ、物凄《ものすご》い有名人だ。

しかし、この少女の有名な理由は、派手な外見とは別のところにある。

「ったく、ただでさえ、偶像ヤロウの死体なんざ見せつけられて気分が悪いってのにさ……それにしても、偽姫様だとは思ってたけどよお……ナルホド、ナルホド。勝者を必ず大スタァにする【時計兎】ってのがいたとはね。長年の謎が解けたってモンだ」

ケッと嫌な感じに、少女は鼻で嗤《わら》った。続けて、ガシガシと己の前髪を乱暴に掻《か》く。どうやら、【時計兎】から告げられた事実に対して、相当な苛立《いらだ》ちを覚えているらしい。

彼女は『アエル』――Arielの筆頭アンチだ。

名前だけならば、むしろ模倣者のようにも見える。それこそ、彼女がArielを憎むようになった最大の要因らしい。実は、アエルのほうが活動歴は長いのだ。だというのに、Arielの爆発的ヒットにともない、彼女は名前に難癖をつけられた。相手は高校生だったが、アエルは容赦なくブチキレ、晒《さら》しあげ、信者ファンネルでボコボコにした。そのうえで、Arielの公式アカウントにまで突撃――見事にスルーされて以降、粘着を続けている。

この一件は、所属大手事務所内で問題視され、アエルの『卒業』は確定視されていた。

しかし、意外にも、Ariel側が『自身への凸について』は許容したいと伝えたことから、アエルは未《いま》だに存続できている。それでも、彼女はとことんArielのことを嫌いなままだ。その地位も歌も、認めようとはしなかった。だが、初回限定アルバムの隠しトラックにまで難癖レビューをする様は律儀にすら見えた。一種の愛ではないかと囁《ささや》かれてもいたのだ。

「ったく……めんどくせぇ死に方してんじゃねえよ。飾りつけるしか能のない、ヘッタクソだったってのに……これじゃあ、終わりまでイイトコなしじゃんな？」

しかし、今、アエルがArielの死体へと向ける視線には本気の侮蔑と怒りが煮えている。

その冒涜《ぼうとく》的な振る舞いを、別の少女が鋭く咎《とが》めた。

「おやめなさい、アエル。悪い意味で、あなたは変わりがありませんね、いつになれば品位というものを身につけるのですか？　お母上のk@rin先生も泣いていらっしゃいますよ」

「k@rinマミーなら、アタシとはズッ友だしぃ。それにさ、マミーをマミー呼びしていいのはアタシだけなんだから、ちゃんと『キャラデザ担当絵師』って言ってくんねぇかな。キモいんだよ、パクリシスターがよ」

「『シスター・アリア』です。噛《か》みつくのならば、私との登録者数の差を二万人分、埋めてからにしてくださいませんこと？」

「それ、いつも言うけどさぁ。アタシは気に入らなきゃ神様にだって噛みつくよ。そろそろわかれよ。数字主義者のくせして頭空っぽか？」

そう舌をだして、アエルは下品に煽《あお》った。彼女の前で、糸目のシスターは笑みを深める。表情こそ温厚なものの、心の底からブチギレていることがわかった。

「自分のほうこそ、知能ゼロのお顔でよく仰《おっしゃ》いますね？」

「んっ？　アタシの美貌は、天才絵師様のママー作だが？　そのセンスに文句つけようってか？　そこまで使えねえ眼球ならいらねえだろうし、ひっこ抜くぞ？」

「表情、について言っています。この空間においては、人型でさえあれば、アバターの顔は制約なしに動くようですし……その下品な不細工さは、あなた自身のものでしょう？」

深々と、シスターは溜《た》め息を吐《つ》いた。他の少女たちと比べて、そのデザインの年齢設定は高めだ。Ariel と同じくらいだろうか。聖職者モチーフなわりに、体型にはかなりのメリハリがある。だが、布で完全に覆い隠すことによって気品を演出してもいた。

それでいて既視感が強い。全体的に、彼女の立ち姿は Ariel を彷彿《ほうふつ》とさせた。

豊かな胸にてのひらを押し当てて、シスターは言う。

「最高の歌姫の死に対して敬意も払えない方に、馬鹿にされるのは心外ですわ」

彼女こそ『シスター・アリア』だ。

こちらは Ariel の模倣者代表だった。己の事務所に許可をとったうえで、Ariel の公式ファンクラブに加入。ライブにはチケットを自力確保して全通。愛を謳《うた》ってはばからない。

アエルとは真逆の立場かつ長きにわたる犬猿の仲だ。Ariel に関する討論企画をした際には、罵りあいのヒートアップから配信を停止された。その内容は負の伝説と化している。

シスター・アリアのチャンネル登録者数の多さは、『限界 Ariel 芸人』としての愉快キャラがウケた面も大きかった。故に、訃報に対しての取り乱しようも激しかったのだが……微妙にシスター要素を入れて、独自路線を強調している点といい、鼻につく部分はある。昔から、『Ariel を利用したいだけではないか』との指摘も根強かった。

今も、当人の残酷な死体を前に冷静すぎるのでは。そう、七音《ななね》が考えているときだった。

「あ……あのう、Ariel さんに布かなにかをかけてあげるべきなんじゃないでしょうか？」

オドオドと、また別の少女が手をあげた。こちらは随分と気の弱そうな娘だ。ミルクティー色の髪はふわふわと長く、ネグリジェのような服とよく似合っている。実在の人物ではありえないほど色素が薄く、天使めいた印象があった。マシュマロっぽいデザインは、七音の好みだ。それなのに彼女の姿は記憶にはない。泣きそうな表情で、謎の娘は続けた。

「このままだと、あんまりにもかわいそうです。Ariel さんはいつも立派で、堂々として綺麗《きれい》で……誰もが知っているお星様みたいな、多くの人の憧れの歌姫でした。だから」

「やめよ。やめ。やーめだ。ソレ。よくない、ンフフ」

そこで右隣からガラガラと枯れた声がした。不気味さに、七音は鳥肌が立つのを覚えた。今まで、なんの気配も感じなかったのだ。慌てて飛びのき、七音は声の主を振り返る。

そこには、意外な人物が立っていた。

「『たまちゃん』!?　えっ、嘘《うそ》……中の人って、チーム運営じゃ、なかったんです、か？」

「オヤオヤ。僕をご存知《ぞんじ》。光栄。ンフフ」

クラシカルなチョコレート色のワンピースに白衣をあわせた、奇妙な少女が応えた。長い袖を、彼女はブラブラと左右に揺らす。手を完全に隠した様は可愛《かわい》らしい。だが、その白衣には血飛沫《ちしぶき》が散っていた。目も形は綺麗なのに澱《よど》んでいて、沼のごとく虚《うつ》ろだ。

どう見ても、まともな配信者の選ぶデザインではない。ソレもそのはず。

彼女の名は『たまちゃん』——専用のSNSアカウントに、動画を不定期にあげるだけという、謎の存在だった。その投稿内容は多岐にわたる。固定カメラで無人の台所を映し続けたかと思えば、『僕はたまちゃん。君はダレ？』が無限ループするアニメーションを投げ、次は水槽内の蛸《たこ》の様子を実写で一時間。かと思えば、まともなMVつきの歌やダンス動画も発表した。その2Dと3Dと実写の混合ぶりはカオスすぎて、謎と評判を呼びに呼んだ。

だが、最近では『複数のクリエイターによる、実験的合作』説が有力視されている。

一応の結論がでたことで、投稿への反響は落ち着きつつあった。だが、人気は健在だ。

「チーム、ね。そう思う。かも。でも、僕は僕。僕なんだ。ンフフ」

ここにいる以上、恐らく中身は一人だけなのだろう。七音の勘による判断だが、第一次審査の通過には『個人の覚悟』が必須だった。禁止要項にこそ記されていなかったが、複数人での参加はあそこで阻まれたはずだ。トロンとした目を瞬かせて、彼女は言う。

「そう、僕はたまちゃん。君はダレ？」

「私は……七音、です。デビュー名とかは、その、なくて」

「そう、君はナナンネ。で、ココはね。脱出ゲーム。しかも危険度Aな監禁型。だったら」

「げーむ……はい？」

「ちょっと待ってくれ……さっきから色々と異様だが歌のオーディションじゃないのか？」

恐る恐る、中性的な王子様がたずねた。アエルは短く鼻を鳴らす。気の毒な者へ向ける視線を、彼女は王子様にぶつけた。大きな胸をゆさりと揺らして、アエルは肩をすくめる。

「アーア、もしかして調べてねぇのか？。第二次審査で吊《つ》られたやつら。アイツら、現実世界でも死んでる。日ノ上翠《ひのかみみどり》はモチロンだが、柊《ひいらぎ》ロコもだ。あの直後に依頼のメールをだしてみたが、コミッションページ自体が、数日で消滅した。返事もねぇ。アッチもダメだ」

思わず、七音《ななね》はギョッとした。彼女も、日ノ上翠の死には気がついていた。だが、柊ロコについては確認の意志が折れた。それを恐れることなく、アエルはやってのけたらしい。

ペッと床に唾を吐いて、彼女は続けた。

「敗者を絞首刑にする奴《やつ》らだ。命懸けの脱出ゲームとやらがはじまっても。驚かないね」

あからさまに、王子様は狼狽《ろうばい》した。わたわたと腕を動かして、彼女は訴える。

「歌い手の人には詳しくなくて、二人の名前がわからなかったんだ！　あ、アレは演出じゃなかったのかい？　現実の死って……それに、歌で競わないで歌姫を決めるなんて！」

「お綺麗《きれい》な顔して、オオマヌケな野郎だ。こんだけおかしなことが続いて気づけねぇのか」

「デモデモー、もしかして全部は最新技術を使ったライブ配信でー、死んだ人らも、事務所が嘘《うそ》ついて発表しただけって可能性もあるあるちゃんじゃない？　だから、全部はただのゲームかもしれないし、どっちにしろ、ナニがギミックかはわからないから、まだ触るのNG。そう、賢い私様ちゃんにはお見通しなんだよーっ！」

二人の会話を遮って、場違いに明るい声が響いた。

発言者を確かめて、七音は息を呑《の》んだ。二次元特有の紫色の髪。金色の目は瞳孔が細く、人外のキャラクターなのだとわかる。薔薇《ばら》をモチーフにすることによって、ゴシックロリータのドレスには挿し色として紅が使われていた。頭にはお化けのマスコットつきの飾り帽子。その複雑なデザインは、モデリングに金がかかる豪奢《ごうしゃ》な代物《しろもの》だ。更に、愛らしい外見には今をときめく超人気絵師の特徴が存分に活《い》かされてもいる。思わず、七音は叫んだ。

「『妖《あやかし》くるる』さん！　あの大手事務所の四期生！　何故《なぜ》か全員ハロウィンモチーフの！」

「そう！　『夜っ子のミンナーっ！　夜更かしはいっけないんだぞーっ！』私様ちゃんを知ってるってことは、さては君も『夜っ子』なんだね？　ファンサしちゃおっかなぁ？」

「い、いえ、私は違います……私は神薙《かんなぎ》の」

「そっかー、残念。でもでもー、私様ちゃんの『耐久・脱出ゲーム十個出るまで終わりません・インサレテミル』は観《み》てくれたよね？　観てなくても知ってるよね？　ガチのヤラセも予習もなしだから、マジで全然出られなくて評判になったもーん！」

「終わりがけ、グダグダすぎてマジ最悪だったぞ、アレ」

くるくると、妖くるるは意味なく回転する。ソレに、アエルがげんなりとツッコんだ。

意外にも、SNSにワードがあがった動画には、欠かさずチェックを入れるタイプらしい。

冷たい反応にメゲることなく、妖くるるは明るく応えた。

「『夜っ子』の皆は喜んでくれたもん！　でさ、脱出ゲームの中には、罠《わな》やギミックが仕掛けられている、『失敗イコール死』みたいなタイプもあったんだよね！　ココはソコと似てる。なら、Ariel様の遺体であろうとも、まだ触らないほうがイイかもしれなーい！」

「そゆこと。そゆことだね。僕はたまちゃん、君はクルルン」

「まあ、ブラフの可能性もあるんだけど！　これ見よがしな儀式調だから、やっぱり触んないほうがいいやつかもしんない。わかんないけど！」

結論は曖昧なままだが、妖《あやかし》くるるはビシィッとポーズを決めた。カクカクと、たまちゃんもうなずく。なるほどと、七音《ななね》は納得した。確かにArielの死体は、歌姫志望者にとってはわかりやすすぎる餌だろう。動揺を誘うには打ってつけのはずだ。

そのわりに、淡い色の少女を除いて反応は薄い。思わず、七音がそう悩んだときだ。

左隣に、誰かが立った。凛《りん》とした声が、投げかけられる。

「聞き間違いならごめんなさい。あなた、さっき『私は神薙《かんなぎ》の』って言いかけなかった？」

「は、はひっ……神薙だ……嘘《うそ》……リアル……突然の死」

「……えっと？　よくわからないけど、あなた、私のなんなの？」

「わ、私は、その！」

『ななねこ』です　そう名乗りかけて、七音は思わず固まった。

『ななねこ』は、神薙に認知もされている古参ファンだ。宣言すれば、以降の話はスムーズに進むだろう。だが、よく考えなくとも、こんなところまで追いかけてくるリスナーなど、完全なるストーカーだ。正直、我ながら怖すぎる。そう考えて、七音は言葉を濁した。

「神薙の曲を、よく、聞いてまし、て！」

「……このメンバーの中で、私の、を？」

「そ、そうです。お会いできて光栄です、あの」

「便利な手先が欲しくて、懐柔を狙っているのなら無駄だから」

「えっ⁉」

思わぬ冷たい反応に、七音は目を見開いた。

そんなつもりはない。ある意味、七音は彼女のためにここへ来たのだから。だが、神薙は青の瞳に拒絶の光を浮かべた。疑念をたっぷりと湛《たた》えた口調で、彼女は告げる。

「歌い手として知ってはいる……その程度でしょ？　ロイタース・ユウに、アエルに、シスター・アリア、たまちゃんに妖くるるまでいる……あなたとあの子だけ、よくわからないけど……ここまで有名どころが揃《そろ》ってて、私の曲をよく聞いてるなんてありえる？」

淡々と彼女は告げた。どうやら、あの中性的な王子様はロイタース・ユウというらしい。ゲーム実況者方面で、名前を見かけた記憶が蘇《よみがえ》った。だが、地雷系ファッションの少女とコンビを組んでいたはずだ。その子はどうしたのだろう？　そう、七音は疑問を覚える。

だが、今はそれどころではなかった。神薙の認識を改める必要があったからだ。

ガシッと、七音は推しの手を掴《つか》む。そうして、大声を張りあげた。

「違います！　歌なら神薙が一番なんです！」

「はい？」

「他の皆さんも歌は上手《うま》くて……今、思いだしましたが、ロイタース・ユウさんは確かチップチューン風の曲で配信者用のゲームのOPを担当してましたよね？　アエルさんは和風ロックが有名で、シスター・アリアさんはオペラティック・メタル風。で、たまちゃんは電波ソングで、妖《あやかし》くるるさんはキャラソン風！　全部聞いてます！　その上で、私は胸を張って、神薙《かんなぎ》こそが一番だと断定します！　なんでかと言うと、めちゃくちゃに歌が上手いからです！　技術もありますけど、なによりもこめられている心が違う！」

「はっ？　えっ……本気？　嘘《うそ》でしょ？　どうせ、曲名すら」

「『人間みたいな』は最後の無音の中に響く、切実な声の厚みがすばらしいですよね！」

「ええっ……」

神薙は、めちゃくちゃに困惑した声をあげた。だが、それでも構わないと、七音《ななね》は熱く語り続ける。なにせ、最推しが目の前にいるのだ。異様な状況への恐怖も嫌悪も緊張も全部吹っ飛んでいる。今まで煮詰めてきた感想を、七音はここぞとばかりにぶちまけた。

「……それで『雨晒《あまざら》しのK』はこの路線で来るかーって感じで、前の『晴れ渡るN』と真逆の歌なのに、悲しい絶望と、眩《まぶ》しい希望を、ここで混ぜて繋《つな》げるのが流石《さすが》すぎるって」

「あなた、そこに気づいたの？『雨晒しのK』はミニアルバム限定にしたのに？」

「だって、Nの最後に入ってくる旋律ってKのやつですよね？」

「そこまで!?」

「なにより凄《すご》いのは、あれだけ音が複雑なのに歌いきる神薙の実力ですよ！　あの高音の切なさと訴えかける感じ……絶望と希望は表裏一体であるという事実の残酷で優しい伝え方……締めの語りへと移行する部分が、また安っぽくならなくて、まさしく神としか……」

「もういい！　もういいから！」

「ダメです！　一番凄いのは神薙だってわかってもらわないと……」

そう、七音は言い募る。一方で、神薙は真っ赤だ。いつもは冷静な目をぐるぐると混乱させて、彼女は逃げようとする。それに対して、七音が一歩前に迫った時だった。

「へェ、アタシたちをさしおいてナンバーワンか。ソイツは凄いや。ちょいと話を聞かせてもらえるかい？　勝手に負け犬にされるってなら、それなりに吼《ほ》えておきたいもんでね」

背後から、不機嫌な声が響いた。滑らかな低音の持ち主は、アエルだ。

思わず、七音は顔を凍らせる。迂闊《うかつ》だった。恐らく、この場は危険な脱出ゲームなのだ。ならば、他の参加者の気分を害する行動は極力避けるべきだった。咄嗟《とっさ》に、七音は叫んだ。

「か、神薙の意見じゃないですよ！　私が、勝手にワーワー言ってただけで……」

「そーだろうよ。見てりゃわかるっての。でも、アタシはこんなバカげた場所で好きだのなんだの騒げるバカは、素直なバカすぎて嫌いじゃないけどさぁ」

「あっ……あれ？　どう、も」

「褒めてはないって。じゃあ、集まりなよ、お二人さんとも」

ヒラリと手を振り、アエルは歩きだす。七音は呆然《ぼうぜん》とした。意外とサッパリ、カラリとした人だ。大規模な炎上が多いにも拘《かかわ》らず、信者層も厚いのはこうした面が評価されているものと思われた。見れば入り口傍《そば》で、他の全員が車座になっている。今から自己紹介か、作戦会議らしい。慌てて、神薙《かんなぎ》は歩きだした。その背中に、七音《ななね》は焦りながら告げる。

「待ってください、最後に……」

「ああ、もう、しつこい！　アンタが嘘《うそ》つきじゃないのは、ちゃんとわかったから！」

「新曲は『そうして穴を掘っている』の伸びが最高でした！　神薙の歌、大好きです！」

瞬間、神薙はぴたりと止まった。撃たれでもしたかのように、彼女は振り向く。その表情は、今までのものとは大きく変わっていた。神薙は青の目を見開く。なぜか、彼女は言葉までなくした。パクパクと口を金魚のように開閉してから、神薙は震える声でつぶやく。

「…………まさか、あなた」

「えっと、神薙、どうかしました、か？」

「ねぇ、早くしてくださいませんこと？　このままだと、ルール確認もままなりませんよ」

「あっ、はーい！　すみません！」

「ルールって……ちょっと待って！　もしかして、追加の説明があったの？」

目を細め、神薙は鋭い声をあげた。独り駆けだそうとして、彼女は足を止める。じとりと神薙は七音を見つめた。それから七音の手をギュッと握った。改めて、彼女は急ぎだす。

「わっ！」

「私と、この子にも教えて！」

切迫した声で、神薙は訴えた。その焦りは、七音にも理解ができた。
なにせ、この場がゲームだというのならば、情報の欠如は死に直結するだろう。Ariel の凄惨な遺体が、ソレを教えてもいた。神薙の訴えに対して、妖《あやかし》くるるは大きくうなずく。
「モチロン！　安心してくれて、大丈夫！」

ここにいるみーんな、運命共同体だもんね！

明るく、彼女は言う。だが、それは不吉に、七音には聞こえた。
運命を共にする者たち。つまり、簡潔に、最悪を語るのならば。

全滅も、ありえるのだ。

＊＊＊

『【少女サーカス】最終審査・ルール説明』

把握が必須な、絶対的事項については三つのみ。

一・【少女サーカス】最終審査会場から、脱出しようと足掻《あが》くこと。

二・参加者は、この部屋にいる少女たちに限ります。

三・生き残った者こそ、次の歌姫だ。


残りは瑣末《さまつ》ごとにすぎません。ですが、目を通されたほうが得ではあるでしょう。閉鎖された状況下において、情報とは貴重な砂糖のようなもの。そして、振る舞われる珈琲《コーヒー》のごとき苦境の味は、そのひと匙《さじ》で大きく変わりますので……。


四・第二次審査で披露された歌を紡ぐと、皆様は固有の能力を発動できます。すでにご活躍の方々については、再生数・知名度に応じたブーストをかけることも可能です。

五・部屋によっては、機を見てインターバルが発動します。インターバル中の行動・活躍も、こちらの世界へとフィードバックされる仕様です。皆様、ただ豚のごとく休まれるだけではなく、働き蟻《あり》のように勤勉な時間をおすごしください。

六・敗北は死です。撤退は死です。漏洩《ろうえい》も死です。

七・お忘れなきように。我々は絶対なる規則であり、処刑台です。


以上となります。皆々様にご武運あれ。

美しくも悲壮な覚悟をお見せください。

「……こちらを踏まえましてぇ。『夜っ子』のミンナに、私様ちゃんから提案だよーっ！」

「『夜っ子』じゃねぇよ。アタシはアンタが嫌いだよ。声に加工入れすぎだろ、毎回よぉ」

「んとね、意外と第四項目の記述が重要じゃないかなぁ。まずは能力の確認と発表をするべきだと思いまーすっ！　炎上オバさんは放っておいて、くるるからいっちゃうかんね！」

ピキッと音が鳴った気がした。アエルの健康的な額の上で、青筋がブチ切れる。思わず、七音《ななね》は考えた。妖《あやかし》くるるは事態を円滑に進めようとしただけだろう。今のはどちらかと言えばアエルが悪い。皆も同意見だろう。それでも『炎上』と『オバさん』は禁止ワードだ。

アエルの中身が三十後半に達していることは、公然の秘密なのだから。

＊＊＊

瞬間、吼《ほ》えるように、アエルは歌の一節を紡いだ。

「『月下散歌』――【燃えよ　燃えよ　灰舞う空へ！　あの月へ届くまで！】」

アエルの手の中に、業火《ごうか》が灯《とも》った。彼女は眩《まばゆ》い紅の帯を放つ。威嚇のつもりか、くるるにギリギリ掠《かす》りかねない位置を狙ったようだ。だが、あえて妖くるるは動いた。炎の真正面へと立つ。瞳孔の細い金の目の横に、くるるはピースを添えた。そして、弾む声で歌う。

「『最終幻想少女★くるる』――【くるるん！　くるるん！　マジカルくるるん！】」

業火に、妖くるるは呑《の》みこまれた。直撃だ。だが、紅はぶつかったことで勢いを失い、霧散した。後には、無傷のゴスロリ美少女が残される。飾り帽子のゴーストも、たっぷりのフリルも綺麗《きれい》なままだ。ふたたび、くるるは勝利のピースサインを決める。だが、妖《あやかし》くるるの両隣の二人――ロイタース・ユウとたまちゃん――は火の粉に対して文句を訴えた。

「アッツ！　熱いじゃないか、君……妖くるる君は、なんで直撃されたのに平気なんだ？」

「ンフフ、白衣、ちょっと焦げた。僕はたまちゃん。君はくるるん。マジカルくるるんは、マジカルな子。人間じゃない。つまり、君の力は変身したことによる『無敵防御』かな？」

己の顎を撫《な》でながら、たまちゃんは研究者のごとくたずねた。妖くるるは大きくうなずく。紫の髪を揺らして、彼女はジャンプをした。片足もぴょんと曲げて、ポーズを決める。

「そう！　私様ちゃんは『最終幻想少女★くるる』こと無敵の『マジカルくるるん』になれるんだよ！　効果は……んー、短いなぁ。五分ってところかも？　あと、再使用には時間が必要だね？　こっちは長いなぁ、微妙に使い勝手悪いちゃんかな？」

「そ、そんなことまで言っちゃって、大丈夫なんですか？」

あたふたと、天使めいた少女が問いかけた。本気で、彼女は慌てている。なぜと七音《ななね》は首をひねった。協力のための開示だ。なにが問題なのだろう。だが、数秒後に気がついた。

（そっか……これから先、ずっと、全員で協力を続けられるかどうかはわからないんだ）

絶対的な第一項目『最終試験場から脱出しようと足掻《あが》くこと』――これについては協力が必須だろうと思われた。【時計兎《うさぎ》】の残したルール表には『各部屋』、『移動』、『インターバル』との記載が確認されている。つまり、この建物は相当に広い。能力に固有差も存在する以上、一人での脱出は困難と推測された。だが、それは第三項目と矛盾してもいる。

――――生き残った者こそ、次の歌姫だ。

ならば、脱出の過程でメンバーが減らなかった場合が恐ろしくもあった。誰かが『絶対的歌姫の地位』を帰還の土産として望むのならば、殺しあいに至ってしまう可能性は高い。

指摘を受けて、妖くるるは考えた。だが、あっけらかんと、彼女は肩をすくめる。

「んー、まっ、別にイイかな！　くるるって、この中じゃ一番人気だからめっちゃブーストかけられるし、最強だしね！　ミンナザコザコちゃんだけど、先のことも考えて、親密度をちゃんと稼いでおきたいってところもあるのだっ！　流石《さすが》かしこい！　ブイブイ！」

「……他者を雑魚《ざこ》扱いしておいて、親密度を稼げると思ってるってバカなの？」

「同感です」

冷たく、神薙《かんなぎ》は腕を組んだ。シスター・アリアが首肯する。神薙は侮辱されるのが嫌い。そう、七音《ななね》は心のメモ帳へと刻んだ。だが、彼女が神薙を侮辱することなどありえない。そのため、普通に不必要な情報だ。だが、推しのことならなんでも知りたいお年頃である。

一方で、アエルは毒気を抜かれたようにつぶやいた。

「バカはアタシは嫌いじゃねえよ……んで、見てわかったろ？　細かなとこは教えねーが。アタシのほうは炎使いだよ……で、どうせ、アンタは『水』だろ？　シスター・アリア？」

火にふさわしい紅の目を、アエルは鋭く光らせた。ためらいもなく、彼女は指摘する。

ツイッと、シスター・アリアは優雅に唇を歪《ゆが》めた。凍った声で、彼女は低くたずねる。

「どうして、そう思うのですか？」

「そりゃ、アタシが『月下散歌』なら、アンタは『DOGRA/MAGRA』だろ？　どうせ」

「あ、あの、私も、それは思っていました！」

ハイッと、七音《ななね》は片手を挙げた。一斉に全員から視線が返る。圧に耐えかね、七音は思わず背中を丸めた。だが、わざわざ視線をあわせて、他でもない神薙《かんなぎ》が声をかけてくれる。

「えっと、理由はなにかしら？　よかったら、聞かせてくれる？」

「ひぃっ……推し……優し……突然の死。じゃなくって！　えっと『DOGRA/MAGRA』はシスター・アリアさんの代表曲であると同時に、物語歌でもありますよね？」

ソレは孤独な少女の、不幸な御伽噺《おとぎばなし》だ。

歌の中で、身寄りのない娘は老婆に拾われ、修道女となる。彼女は神を信じ、祈りによって数多《あまた》の奇跡を起こす。だが、暴君の死を覆すことを断わったせいで呪いの元凶として国を追われ、オフィーリアのごとく溺死する。彼女はシスター・アリアの前世でもあるのだ……という設定だった。信者の間でも、この厨二病《ちゆうにびよう》具合については賛否がわかれている。

「歌から判断するのなら、能力には『祈り』や『奇跡』や『呪い』が関わってきそうですよね？

それなのに『水』な理由は……　『DOGRA/MAGRA』のMVのサムネイルの影響です」

それは、油彩画を意識した重厚な一枚。オフィーリアにも似た、シスター・アリアのイラストだった。こちらの評価は高く、構図を基にしたファンアートが複数枚描かれている。『歌ってみた』でもパロディに近い、自分版のオフィーリア風・サムネイルを作る者が多発した。つまり『DOGRA/MAGRA』とはリスナー間の認識では水と結びついた曲なのだ。

「以上です……あの、違いましたか？」

「……そこまで把握をされているのにシラを切るほど、往生際は悪くありませんわ。それに、正しく分析されていることは褒めましょうとも。仰《おっしゃ》るとおりです。『DOGRA/MAGRA』――【楽園の夢を見る　昏《くら》い澱《よど》みの底で】【アア　あの少女が神か、ペテン師か　私には】」

ぶわりと、シスター・アリアはてのひらの上に水球を浮かべた。ソレは透明ではなく、濁っている。中には、水草と花まで混入していた。やはり、オフィーリアのイメージが色濃く反映されている。しばらくそれを維持したあと、シスター・アリアはパチリと消した。

芝居のごとく、彼女は手を組みあわせる。それから微笑《ほほえ》んで、続けた。

「私は『水使い』です……それ以外の詳細は必要があれば開示しましょう」

「ミンナ、争う気満々だーっ、平和主義者な私様ちゃんには悲しすぎる！」

「いや、正しい判断だと、僕は思うよ。慎重さは大事だからね。シスター・アリアは状況次第では協力を望める人だと信じられそうだし……次は僕だけれども……少し弱ったな」

そう、ロイタース・ユウは己の顎に指を添えた。そのまま、顔を斜めに傾ける。中性的な彼女がやると、様になるポーズだった。うーんと悩んだあと、ロイタース・ユウは言う。

「すまない。シスター・アリアさん。また水球をだして欲しい。維持をして動かさないで」

「こう、でしょうか？」

「ありがとう。そのままでいてくれたまえ……では失礼して。『ワールドエンド・リッセットゲーム』――【昨日に　明日と　今日だって　僕たちを狙ってる　アノ透明な刃《やいば》が】」

瞬間、水球がバシャリッと揺れた。よく見れば『ナニカに貫かれている』――ソレがもどされた瞬間、切断された花弁が底へ落ちた。だが、ロイタース・ユウは動いてはいない。

彼女は手を前にだし、引いただけだ。前髪を弄《いじ》って、ロイタース・ユウはつぶやく。

「……なるほど。能力の第一回目の発動時には、元となった曲名と歌詞が口からでるのか……わかってもらえたと思うが、僕の能力は『不可視の刃』の発動さ。長さや数についてはは伏せさせてもらいたい……そもそも、実は、僕自身にもわかっていないことが多くてね。使いこなすには、努力と検証が必要そうだ。何事も、そう簡単にはいかないものだね」

「……あの、次、まほろの番でいいでしょうか？　その、まほろの能力については、ですね。ロイタース・ユウちゃんの次だと説明がしやすいかなって思うんです」

「ロイタース・ユウ『ちゃん』!?」

思いっきり、ロイタース・ユウは仰《の》け反《ぞ》った。どうやら、『ちゃん』呼びは受けつけないようだ。その前では、あのマシュマロ風アバターの少女が、おずおずと手を挙げている。

七音《ななね》と同様に、彼女は知られていない存在だった。コホンと咳《せき》をして、少女は名乗る。

「えっと、まほろのフルネームは、岬《みさき》まほろと言います……あの、実は、まほろはまだ、ほぼ無名の歌い手でして……」

「そりゃな。アンテナの広いアタシが知らない段階で、ソートーな小物だろうよ」

「うう……ひどい。で、あの、オリジナル曲を持っていなくて、第二次審査では『歌ってみた』を披露したんですが……そのせいか、今、曲名と歌詞が喉からでてこなくて……」

「著作権による制約がかかってんのかよ、ココ」

呆《あき》れたように、アエルは肩をすくめた。じゃすらっくうっと、彼女はぼやく。

同時に、七音は驚いた。第二次審査において、オリジナル曲の保有は必須ではなかったのだ。だが、間違いなく、加点要素ではあっただろう。それ抜きで合格した以上、岬まほろの実力は相当に高いものと推測された。あるいは七音のように新規性を買われたか、だ。

第二次審査でのコメントの一つを、彼女は思いだした。


——Arielは氷の女王だった。一新ならば白雪姫はありだ。


八名の中で白雪姫に近い外見の持ち主は岬まほろと七音だろう。キャラクター性の近似は果たしてどう作用するのか。そう、七音が緊張する前で、岬まほろはわたわたと続けた。

「それでも、あの、発動は、今もちゃんと、してて……まほろの能力はロイタース・ユウちゃんと似ていて、『不可視の機械羽』なんです……ちょっとココ、ツンツンしてみてもらえますか？　撫《な》でるようにすると、切れて危ないですから、コツコツって」

「指図すんじゃねぇよ、オラ、コツコツ」

不満げな顔をしながらも、アエルは素直に従った。その指先は、空中で止まる。どうやら本当に、機械羽があるようだ。七音《ななね》も真似《まね》してみた。硬く、透明な存在を確認する。嘘《うそ》ではないらしい。じゃあ次はと、まほろが口を開いた時だった。先にガラガラ声が響いた。

「悪い。ゴメン。たまちゃんはナイショ。秘密なんだよ」

「アンタさ、電波ちゃんヤンのは見た目だけにしとけよ」

「僕はたまちゃん、君はアエルン。ヒント。ってか理由。言うね」

ブランブランと、たまちゃんは白衣の萌《も》え袖を振り回した。ぐるんぐるんと、竜巻を起こす。布が十分に絡まった段階で、動きを止めた。それから、流れるような響きで告げる。

「僕のは知られると意味がないタイプ。だから、ヤダ。協力できる時はする。以上」

ぴたりと、たまちゃんは仮面のごとく押し黙った。困惑の空気が流れる。一人だけ情報を伏せるのは誠実さに欠けた。だが、『他人にバレると著しく不利になる能力』ならば無理やり聞きだすのも気の毒に思える。そう、七音が悩んでいるときだ。神薙《かんなぎ》が手を挙げた。

「問い詰めても無意味なタイプに見えるわ、どうせ時間の無駄だから、次は私で。『人間みたいな』――【灰色の僕らの　見失ったホントの形】」

聞きなれた旋律が紡がれた。生歌だーっと、七音は思わず鼻血まで噴きかける。

その前で、変化が起きた。しゅるるるっと、神薙の全身は色を失っていく。気配も消えた。彼女は動いていない。確かにそこに座っている。だが、灰色の輪郭は定期的に視界から外れた。認識の継続に、困難が伴う。そんな曖昧な形と化しながら、神薙は口を開いた。

『こう、なるわけ。どうやら、灰色になっている間は攻撃も受けつけないみたい……ただ、無敵なわけじゃなくて、ダメージの鈍化、程度、なのかしら。燃えたりはしないけど、痛みはある、みたいな。検証してみないと、正確にはわからないけれども』

「ズバリ！　私様ちゃんの下位互換と言えるでしょう！」

「なんで、丸尾末男《まるおすえお》君の口調がすぐにでてくんだよ」

『……もしかして、国民的アニメの眼鏡《めがね》の学級委員長？　フルネームを知っている、アエルさんのがおかしくない？　確かに、妖《あやかし》くるるさんの能力とは似ているけど、こっちは認識率もさげられるし、効果時間も違うから……どれくらいかは濁させてもらいます。終了』

　パチンと、神薙は指を鳴らした。手品のごとく、彼女の全身は元の色をとりもどす。上品な黒と青が帰ってきた。無意味に感動して、七音はパチパチと拍手をする。そこで、神薙は露骨に心配そうな表情を浮かべた。七音へと顔を寄せて、彼女は小さくささやく。

「で、あなたは？」

「わ、私は……」

「……隠しておいたほうがいい情報なら、ちゃんと隠しなさい。すでにたまちゃんもそうしてる。周りがなにかを言ってきても、私がなんとか納めてあげるから」

　コソコソと神薙は告げた。推しが親切で優しい。その事実に対して、七音は目を潤ませる。だが、彼女に能力を隠す気はなかった。むしろ開示したほうが、七音の代わりに活用法を考えてくれる少女がでる気がする。現状について、彼女は薄々ある予測を立てていた。

（これだけ、多種多様な能力があるのなら……そこには、きっと意味がある）

つまり、最終審査の要である可能性が高い。一つ一つの『特徴を使って』活路を見出《みいだ》す必要性がでそうだ。ならば、秘匿情報は少ないほうがいい。はっきりと、七音《ななね》は口を開く。

「えっと、私のは……『子守り唄・無題』――【ラララ、ラン……ラララ……ラン】」

能力発動の意志を示した途端だった。勝手に、声が口から溢《あふ》れた。目の前へ、派手なエフェクトと共に光の盾が現れる。同時に、七音の脳内に【時計兎《うさぎ》】の声が響きわたった。

他者からは見えない文字が刻まれていく。能力の詳細が表示された。


『子守り唄・無題』――知名度0、新規性70、攻撃力10、防御力65。

持続時間・根性次第。

【子を守るための母の歌。我々はそう解釈いたしました。元来、ここは争いのための場。手をとりあう必要のあるサーカスでありながらも、玉座を競いあうための決闘場。ああ、それなのに、あなた様は……お喜びください。幸か不幸かはわかりませんが、この場において『他者を守るための力』を授かった歌姫は、あなた様が初でございます】


以上の情報が濁流のごとく叩《たた》きこまれた。そのまま蕩《とろ》けるように消えていく。七音はくらくらと眩暈《めまい》を覚えた。だが、なんとか耐えきる。目の輝きを指差して、彼女は宣言した。

「えっとね、これは、盾！」

「ディスイズアペンかよ！」

「討論会の頃から思ってはいましたが、アエルのツッコミって大分センスが独特ですわね」

「……お嬢さん。えっと、たまちゃんとの会話では確か……七音君と言ったかな？　残念だが、それについては、教えてもらわなくとも見ればわかるね」

アエル、シスター・アリア、ロイタース・ユウが口々に囀《さえず》る。それもそうかと、七音は真っ赤になった。だが、他に伝えるべき点も思いつかない。それでも一応情報は追加した。

「継続時間は根性次第だそうです！」

「かわいそうな子かよ」

「ウーンと、私様ちゃんも嘘《うそ》ついてないなら情報適当すぎてかわいそーと思っちゃうなぁ」

「僕はたまちゃん。君はナナネンネン。かわいそ。カワウソ。ンフフ」

なんだか、寂しい反応が返ってくる。しょんぼりしながら、七音は盾を消した。そこで慌てたように、彼女は神薙《かんなぎ》に肩を掴《つか》まれた。励ますかのごとく、神薙は力強い声をあげる。

「だ、大丈夫よ！　安心なさい！　あなたは私が守るから！」

「ひえっ、多大なりしファンサービス!?　神!?　神ですか!?」

「さ、サービスとか、そういうのじゃなくって！　その……」

なにやら、神薙は言い淀《よど》んだ。青の瞳を、彼女は右へ左へと逸《そ》らす。唇をへの字にして、神薙は悩んだ。だが、黒髪を揺らして、首を横に振る。それから、神薙はポツリと告げた。

「……あなたは、なんだか信用できそうだから。それだけよ」

「はわわわわ、推しのデレ尊いよぉ」

「……正直、あなた、気持ち悪いわね」

七音《ななね》は感動に浸り、神薙《かんなぎ》は塩対応へもどった。かくして全員が自己紹介を終える。そこで、妖《あやかし》くるるが元気よく両腕を真上へ突きだした。バンザーイをしながら、彼女は告げる。

「ネエネエ、ミンナ、これからどうする？　どうしよー？」

ナンカ、毒ガスっぽいのでてきたよ？

他の少女たちは一斉に顔を凍らせた。皆が視線を跳ねあげる。本当だった。

罅《ひび》割れた天井の中心に設置された、スプリンクラーらしき、謎のシロモノ。

そこから白い煙が注ぎこまれつつある。

八名の少女たちは、次々と動きだした。

幕間劇《まくあい》　？？？

予想外だった。
正直に言って、開幕からそれ以外のなにものでもない。
まず、死体に動揺する少女が一人もいなかった。
敬意を払っている者は見られるが、その程度だ。

理由は推測できた。これは最終審査なのだ。第二次審査の段階で【少女サーカス】は死人がでるものとの共通認識が済まされている。なによりも、参加型のあらゆる遊戯の形態が世の中には浸透しすぎていた。モキュメンタリー系のドラマの流行も関係があるだろう。現実と虚構の境目は、日頃から曖昧化している。だからこそ動揺が少なく、適応も早い。混乱から開始するとばかり思っていたゲームは、彼女の期待を裏切った。ならば、速やかに他の少女にあわせる道が最善だ。今の状況下で派手に動くことなどできるわけもない。
ある意味、彼女以外の全員も歌姫にふさわしい存在なのだと言えた。

強く、美しく、太々《ふてぶて》しい。

だが、開幕からその調子では困るのだ。
まだ、『鍵』に気づかれてはならない。

だから、彼女はスイッチを押した。
殺して、あるいは殺されるために。

第六幕　殺人

「オイッ、ヤバいぞ！　急げ、急げ！」

「ただ急《せ》かすだけとは、愚策もいいところですわ！　静かにしてくださいまし！」

アエルの叫びに、シスター・アリアが応えた。わざわざ反応をしてしまう時点で、彼女も冷静さを欠いているようだ。ガスの種類は不明。空気より軽いのか、重いのか。麻酔程度か、神経毒レベルか。なにもかもが定かではない。だが、身をもって確認したいとは思えなかった。装置の稼働を防げないか、七音《ななね》は考える。だが、透明な刃《やいば》や、機械羽で破壊しては、逆に止まらなくなる可能性もあった。それでも別案を思いつき、彼女は口を開く。

「シスター・アリアさんの水球！　何度もぶつけたら、水草で詰まらせられませんか⁉」

「一理。でも、毒が水溶性。の、場合。かなりの量が飛び散る。けど。ンフフ。平気？」

たまちゃんは怪しく笑った。確かにと、七音はうなずく。それに、上手《うま》くいく可能性は低かった。最終的な必要水量も不明だ。下手をすれば、毒液に足を浸し続ける羽目になる。

混乱の中で、岬《みさき》まほろは大きな目を潤ませた。泣きかけの表情で、彼女は訴える。

「だったら……まほろは、いったいどうすればいいんですかぁ？」

「知らねーよ！　ぴいぴい泣いてたずねるだけなら一人で死んどけ！」

「『夜っ子』のミンナーッ！　見て見て、こっちの壁に穴があるよ！」

妖《あやかし》くるるが叫んだ。正確には穴ではない。隣室と繋《つな》がる、通気口のようだ。通常サイズよりも大きいため、移動用として設置されたギミックなのかもしれない。その証明のように表面を塞ぐ網は錆《さ》びており、脆《もろ》そうだ。開けられないかと、七音《ななね》が思案した瞬間だった。

「くるるん★ぱわーっ！　マジカル♪どっせいっ！」

リボン付きの厚底ブーツで、妖《あやかし》くるるは蹴りを加えた。明らかに魔法とは無関係な、物理攻撃だ。衝撃で、網は吹っ飛ぶ。彼女と並んで、七音は中を覗《のぞ》きこんだ。ワイヤーなどが張り巡らされた、切断トラップの類もなさそうだ。隣室へのルートは開けた。だが、妖くるるはすぐには入らなかった。彼女は部屋の中央へ走る。そして、予想外の行動にでた。

ぐちゃり、と、ひどい音が響く。その残酷性に、七音は息を呑《の》んだ。

「………………………………えっ？」

妖くるるは、心臓を掴《つか》んだのだ。Arielの死体からとりだされた、肉塊。その腐敗し、ぐずぐずに蕩《とろ》けた表面に、彼女は指を埋めた。ねちょりと持ちあげながら、妖くるるは皆を見回す。それから異常な行動に似つかわしくない、愛らしいウィンクと共に宣言した。

「一人、一個ずつね！」

ひらりと身を翻し、彼女はスライディングで通気口の中へ消えた。繊細なゴスロリの生地への労《いたわ》りがない、機敏で豪快な動きだ。後には、心臓から垂れた腐敗液だけが残される。

意味がわからない。そう、七音は固まった。だが、アエルはうなずいた。

「……なるほどな。ココでは確認する時間がない以上、持っては行くべきってわけだ」

その冷静な言葉の意味を、七音は上手《うま》く理解ができなかった。岬《みさき》まほろも同じらしい。

一部が欠けた死体を見つめて、彼女は顔色を青褪《あおざ》めさせた。震える声が、疑問を続ける。

「あ、あの人はAriel様になにをしているんですかぁ……まほろにはわけがわかりません」

「『緊急脱出口』の『正規の鍵』目当てだよ。臓器の中も確認しておく必要があっからな」

軽く、アエルは応える。悲鳴のようなうめき声を発して、岬まほろは口元を押さえた。

その意味の恐ろしさを七音も理解する。確認のためには腐肉をぐぽりと割り、内部を指で探って、血と体液で汚れつつ奥を抉《えぐ》らなければならないのだ。ソレは死体の損壊にあたる。


つまり、Arielへの冒涜《ぼうとく》ではないのか。


そう、七音が考えてしまった時だった。苛烈に、シスター・アリアが叫んだ。

「わ、私には無理ですわ！　ええ！　色々と、本当に色々と言われてきましたけれどもね！　確かに、私はAriel様の信奉者なのです！　『この人を崇《あが》めよう』と決めたのです！　そのプライドがありますとも！　聖体に触れるなどできるわけがないでしょうっ！」

その咆哮《ほうこう》には、言い訳とは異なる、鮮烈なまでの怒りが滲《にじ》んでいた。意外なものを、七音は覚えた。ここに来てから、シスター・アリアは崇拝対象の死骸《しがい》を前にも動揺を見せなかった。それなのに今、修道服に包まれた背中を堂々と伸ばして、彼女は主張する。

「これが誇りです！　Ariel様を不遜に扱うシスター・アリアなど、私ではない！　模倣者には模倣者の意地がございます！　舐《な》めるなよ、道化を！　覚悟決めてやってんだよ！」

最後の一言は、誰に向けて放たれたものなのか。しんっと場は静まり返る。シスター・アリアの荒い息の音だけが響いた。奇妙な緊張の中で、最初に動いたのは、アエルだった。大きく、彼女は肩をすくめる。それから、Ariel の子宮を掴《つか》んで、通気口へ歩きだした。

「アタシはお高くとまった奴《やつ》は嫌いだ。だが、そういうくだらない意地は嫌いじゃねえ……でも、向こうで、臓器が全部揃《そろ》わなかったのなら、アタシはもう協力はやめっからな」

それを覚悟のうえなら、なんだって貫けばいいさ。

隣室へと、アエルは消えた。なにも持つことなく、シスター・アリアも毅然《きぜん》と後へ続く。驚いたことに、岬《みさき》まほろも臓器運びを放棄した。イヤイヤと首を横に振って、彼女は手ぶらで駆けていく。残りについては、出遅れた面々で運ぶしかないようだ。崩れかけの肺と、内容物を垂らす腸や他の部位を見つめて、七音《ななね》は吐きかけた。だが、無理やり、胃液を呑《の》みくだす。一番醜悪なものについては、自分が引き受けるしかないとの決意も固めた。他の誰でもない。神薙《かんなぎ》のために、だ。だが、その決意はあっさりと破られた。

「うーん。不合理。意味なし。不適当。よろし。こうしましょ。ざんす」

バサリと、たまちゃんは白衣を脱いだ。その裾と両袖を、彼女はテキパキと結んでいく。簡易の運搬袋が完成した。たまちゃんは、そこに内臓を放りこんでいく。傾いた腸から、ボタボタと中身が垂れた。強烈な悪臭も漂う。それを無視して、彼女は剥離した欠片《かけら》までぽいっぽいっと投げ入れた。重く血濡《ぬ》れた袋を、彼女は両手で吊《つ》り下げる形で持ちあげる。

「ガスが来る。来る。行こう。行こう、僕らも」

ひょこひょこと、たまちゃんは歩きだした。白衣から染みだした血が、床に曲線を描く。手際のよさに呆気《あっけ》にとられながら、神薙《かんなぎ》は口を開いた。戸惑いつつも、彼女は問いかける。

「あの、ありがとう……でも、あなた、白衣は、いいの？　アバターの重要な特徴なのに」

「僕はたまちゃん。君はカンナギン。気にしないで。僕は僕。なにがあっても、なくても同じ……それに、さ。お礼も的外れ。僕は僕だからね。ンフフ」

要領を得ない答えが返った。そのまま、たまちゃんは通気口に内臓入りの袋を突っこむ。慌てて、七音《ななね》もソレを押すのを手伝った。てのひらへと胸糞《むなくそ》悪い、濡《ぬ》れた感触が伝わる。だが、なんとか内臓を隣室へ入れることができた。虚無的な目を、たまちゃんは細める。

「ナナンネはいい子だねえ。いい子、イイコ」

「そ、そんな……たまちゃんさんこそいい人ですよ」

「『あの子』とは、違うねぇ。似てるけど。しみじみ」

いったい、誰と？

問いたかったが時間はない。内臓を奪ったことを咎《とが》めるかのように、ガスの噴出は激しさを増した。ンフッと笑って、たまちゃんも通気口を潜《くぐ》る。ロイタース・ユウは成り行きに呆然《ぼうぜん》としていた。だが、我に返ったらしい。慌てて移動しかけて、彼女は動きを止めた。キラキラした顔を、ロイタース・ユウは七音へ向ける。真剣に、彼女は王子様然と訴えた。

「七音さん、急ごう！　僕はなにもしていない。できなかった！　君が先に行くべきだ！」

これはモテるなと、七音は察した。実況方面で人気を得ていたのもわかる。

ゲーム実況には卓越した実力か、独自のユーモア。あるいはノンストレスかつ甘やかなプレイスタイルなどが大事だ。ロイタース・ユウの基本姿勢は、女子にウケやすいだろう。それなのになぜ、彼女は歌姫なんて目指したのか。

不思議に思いながらも、七音は首を横に振った。親切に対して頭を下げながら、続ける。

「ありがとうございます。でも、私は神薙の後がいいので……」

「こんなところでも、ファンって凄《すご》いね？　ああ、もう、なにをしているんだ、彼女は！」

ロイタース・ユウは振り向いた。その先で、いったいなにを見たものか、彼女は形の美しい目を見開く。どうしたのかと、七音も顔を跳ねあげた。そして、思わず言葉を失った。


神薙は、跪《ひざまず》いて祈っていた。

Arielの凄惨な死体の前で。


「あなたを尊敬していました。中身を持ち去りながら、置いていくことをお許しください」

流石《さすが》に、死者を引きずることはできない。重いし、不敬だ。Arielはここに残していく他になかった。臓腑《ぞうふ》も奪われ、彼女は独りきりとなる。今更ながら、七音は熱い涙がこみあげてくるのを覚えた。七音の最推しは神薙だ。だが、Arielの新曲は欠かさず聴いてきた。その歌姫としての絶対的な有様は確かな星であり、希望だったのだ。彼女の見せてくれた夢は、成功の形は美しかった。ＭＶのコメント欄に残された言葉を、七音は思いだす。

——私はあなたに救われました。

ガスのシュウシュウという音から、限界を悟ったらしい。祈りを止《や》めて、神薙《かんなぎ》は手をほどいた。振り向き、七音《ななね》たちに気がつく。ぎょっとしたあとに、彼女は走りながら怒った。

「なんで、私を待ってるの!?　意味がわからないことをしないで！　急ぎなさいよ！」

「心配して先に行けなかったファンに対して、その言い方はないんじゃないのかい？」

「……心配？　私を？　えっ、嘘《うそ》……また、あなたは！」

「だが、確かに急ぐべきではある。行こう、七音さん！」

「……は、はいっ！」

ロイタース・ユウ、神薙に続いて、七音は通気口を潜《くぐ》った。後ろを窺《うかが》いながら、七音は進む。Arielの死骸《しがい》は見えなくなった。氷の女王は、動かない。彼女は静かに死んでいる。

そして、誰もいなくなった。

動く者は、その場に、誰も。

＊＊＊

隣室には色々な物が置かれていた。それでいて人が潜んでいる気配はない。多種多様なアンティーク家具が雑に飾られているだけのようだ。自然に見せかけて脈絡のない配置は、ゲーム内のオブジェクトを連想させる。その異様さに怯《おび》えながら、七音は通気口から出た。待ってましたとばかりに、妖《あやかし》くるるが動いた。回し蹴りで、彼女は手近な柱時計を倒す。

「『夜っ子』のミンナー！　コレで、穴を塞ぐんだよ♪」

「可愛《かわい》くウィンクすんな、このハロウィン★マジカルゴリラ」

「意味はわかりますが、微妙な表現の罵倒ですわね……」

アエルの語彙力に、シスター・アリアが呆《あき》れた。その間にも妖くるると協力して、七音は穴を塞いだ。年代物の柱時計は背板が絶妙に湾曲している。密閉性は低いだろう。だが、ガスの拡散速度を考えれば心配は不要そうだ。唇を尖《とが》らせて、妖くるるは額の汗をぬぐう。

「ふぅー、七音ちゃんありがとね！　これで、ダイジョウブイブイ！　さて、と……」

――本番、だね！

低音の宣言に、他の七名も嫌なモノへと視線を向けた。隣室へ運んだ、臓器たちだ。遺体から離れることによって、ソレは醜悪さが増して見えた。今や、ただの腐敗した肉塊だ。

それでも、岬《みさき》まほろだけは震えながらつぶやいた。

「これに触るの、まほろは嫌ですよ……だって、Ariel様の一部なんですもの」

「もう、それはいいから！　あなただけじゃない。私だって、Arielは憧れだった……でも、今はやるしかないのよ……別に無理はさせない。私が調べる」

「そんな、神薙《かんなぎ》にやらせるくらいなら私が……いえ……そうだ！」

岬《みさき》まほろは泣きだした。神薙は動き、七音《ななね》は止める。同時に、彼女は打開策を思いついた。不快な気持ちにはさせてしまうだろう。だが、直接、誰かが触るよりはマシなはずだ。

「ロイタース・ユウさん！」

「……ん？　えっ、あっ？　なるほど、だが……マジでか」

「はい、お願いします！」


名づけて、『内臓ズパズパ作戦』である。


うーんと困りつつも、ロイタース・ユウは承諾してくれた。調理のようなものと思おう、とのことだ。言いだしっぺの責任として、七音は内臓を床上へ並べた。鼻先を歪《ゆが》めながら、神薙も手伝ってくれる。その後、全員が飛沫《しぶき》を避けるために離れた。深々とロイタース・ユウは溜《た》め息を吐《つ》く。だが、遠くから透明な刃《やいば》を伸ばして、彼女は肉を切り刻んでいった。腸を細切れにする。崩壊させながら肺をスライスした。続けて心臓を四分割にした時だ。

「あっ、それです！　ありました！」

七音は胸をなでおろした。チャリンと硬い音が鳴る。縦に割られた右心房の内側。その上部に貼りついていた鍵がべろりと剥がれて落ちたのだ。岬まほろがソレを拾おうとする。

「えっと、これって……キャアッ！」

「貸しな」

だが、アエルが乱暴に奪いとった。岬まほろを突き飛ばし、彼女は鍵を掴《つか》む。暴力はよくないと、シスター・アリアが抗議した。訴えを無視して、アエルは鍵の側面を確かめる。

「『第一の部屋用』って書いてあるな？」

「なるるー、キーアイテムが触りたくないモノの中に埋められてたって、パターンかぁ。私様ちゃんはあるあるすぎるものと考え、プンプンに思いますぞい！」

「アンタさ、ずっとキャラブレひどくね？」

「しかし……今更、もどれませんものね？」

妖《あやかし》くるるが頬《ほお》を膨らませ、アエルが呆《あき》れ、シスター・アリアが隣室へ視線を投げた。

他の面々も横倒しの柱時計を見つめる。ガスはいつ止まるのか。そもそも噴出に終わりがあるかも不明だった。役目を果たしたと肩を回しながら、ロイタース・ユウがたずねる。

「『最終幻想少女★くるる』か『人間みたいな』の使用で、なんとかならないかな？　ガスを突っきって、鍵を使うことで外へ出て、ここまで助けを呼んできてもらうとか……」

「バッカ、テメェ！」

アエルが声を上擦らせた。いい方法だと思うのに、なぜだろう。そう、七音は首を傾《かし》げた。難しい顔をして、神薙は両腕を組む。元気よく、妖くるるはその場で優雅に回転した。

「んっんー！　ゴメンナサイだよ！　教えちゃうとね。能力が毒に対しても無敵に働くかどうかは未知数なんだー。『マジカルくるるん』に、服毒の想定なんてなかったからね！」

「私のほうもそう……それに……うん、あなたはさっき七音《なな》と待っていてくれたし、教えとく……ここはマトモじゃない。私たちもアバター化されている以上、救援が望めるところだとは考えないほうがいいわ。それに……あくまでも、今は最終審査中よ。脱出者のみを合格として、他は皆殺しとする判断だってありえる。発案には気をつけたほうがいいわ」

「…………あっ」

ぽかんと、ロイタース・ユウは口を開いた。思わず七音も同じ表情を浮かべる。だが、他の面々には欠片《かけら》も動揺など見られなかった。どうやらすでに、その非情な事実には気がついていたらしい。天使のような岬《みさき》まほろすら、静かに目を伏せただけなのが印象的だった。

重い沈黙の中、シスター・アリアが話題を立て直そうとする。彼女は首を横に振る。

「……まあ、どちらにしろ、危険を冒してまで、誰も『第一の部屋』にはもどれません。ここで待っていれば、いずれ、ガスが止まる可能性もありますが……悩みどころですね」

「まほろは進むべきだと思います。だって、飲料水も、食糧も、トイレもないんですよ？籠城を選んで、衰弱して、動けなくなったら後悔ばっかりです。とり返しがつきません」

最悪を想定して、岬まほろは全身を震わせた。しかし、と七音は考える。

少女たちの今の身体《からだ》はアバターなのだ。物理的な『死』は存在する。だが、生理現象にまで振り回されるものなのだろうか。そう意識した瞬間だ。電撃的に、七音は気がついた。

喉が、渇きはじめている。これで、確実に理解をさせられた。限界は存在する。

「……まずは、この部屋を調べましょうか。それが一番無駄がない、と思うから」

冷静に、神薙《かんなぎ》が提案した、全員がうなずく。【時計兎《うさぎ》】のルール表からも、複数の部屋があるという事実は判明していた。二部屋目で行き止まりにはならないはずだ。それぞれがバラバラに動きだす。七音の歩くほうへと、神薙が無言で続いた。同行を選んでくれたように思えて、七音は嬉《うれ》しくなる。また、姿は見えなくとも他の面々も声は聞こえてきた。

「広いわりに、狭《せめ》えな、オイ」

「ンフ。物だらけだもんね。ぐちゃぐちゃ。いっぱい。カオスな家具屋」

「売ってるわけじゃないけど、と私様ちゃんは思います、が！　そう言いたくなるのだってわかるかな？　かなっ？　こんなん、確かにほぼお店だよね！」

がらんとした第一の部屋とは異なり、第二の部屋はどれほど進もうとも視界はにぎやかなままだ。恐らく天然の木材を使用した、上品かつ旧《ふる》い家具が複雑に並べられ続けている。しかも、それらの比率はおかしかった。洋服箪笥《だんす》より大きな揺り椅子があるかと思えば、子猫サイズの円卓があり、柱と見紛《みまが》うばかりの胡椒碾《こしょうひ》きが置かれている。どれも実用には不向きで、制作者の意図が謎だった。不思議の国のアリスをモチーフとしていることは推測できる。だが、独自性が高すぎた。視聴者を飽きさせないための創意工夫が垣間見《かいまみ》える。

（やっぱり、今も観察している人たちはいるんだろうか？）

「キャアッ！　な、なんですか、これ！」

七音が悩んだときだ。岬まほろの悲鳴が聞こえた。自然と、全員がそちらへ集まる。

道中には四角い木枠と穴の連なりで構成された、巨大なナニカがあった。潜《くぐ》り抜けたあと、七音《なね》はその正体が空の本棚だったことに気がついた。以降、家具の群れは消えた。

しばらく進むと、最奥の壁面に扉が見えた。だが、その左手前には、異様な存在が門番のごとくそびえ立っている。軍帽を被《かぶ》り直しながら、アエルは嫌そうな声をだした。

「悪趣味なんだが……まあ、わかりやすくはあんな」

第二の部屋の中では異質なことに、ソレに木材は使われていなかった。全体はほぼ金属で構成されている。だがなぜか下部からは透明なチューブが長く生えていた。その側面には一定間隔で計測器のようなモノがつけられている。そこを液体が通過、計測器を点灯させつつフラスコに一定量が注がれることで下のスイッチが沈みこむ仕掛けのようだ。それで、次の部屋への扉が開くらしい。フラスコにナニを溜《た》めろというのかは見ればわかった。

犠牲者の血だ。

八名の前には【鉄の処女】が置かれていた。

＊＊＊

【鉄の処女】とは、簡潔に語るのならば拷問器具だ。

女性の形をモチーフにした、棺桶《かんおけ》のようなシロモノだった。内部は空洞になっており、人を入れることが可能だ。だが、蓋の裏側には無数の針が生えている。閉じこめられた犠牲者はもれなく串刺しだ。しかし、即死はできない。針が主要な臓器を避ける配置なため、苦しみは長く続く。ソレが通常なのだが――今回に限って、そこの心配はなさそうだった。

「……これは間違いなく、入るだけでも即死、ですわね。つまり、中に一人を選んで生贄《いけにえ》として捧《ささ》げ、その血液を溜めろということ……倫理にもとる、凶悪かつ傲慢な要求ですわ」

「少なくとも中に入って、僕には生き残る自信はない、かな……どうすればいいのだろう」

シスター・アリアはつぶやき、ロイタース・ユウは力なく笑った。

二人の肩越しに、七音も扉の内側を覗《のぞ》きこむ。円錐形《えんすいけい》の太い針が、隙間なくびっしりと並べられていた。致命傷を避けるための偏りは設けられていない。床には足裏の形の絵も描かれていた。どうやら、上に立てとの指示らしい。試しに、無人のまま扉を閉じてみた。

やはり、何も起こらない。

やれやれという風に、たまちゃんが肩をすくめた。

「入ってみるしかない。ないんだよ。そういうことだね。僕はたまちゃん。犠牲者は誰？」

「はーい！　私様ちゃんが行きまーすっ！」

陰鬱な空気の中でも、妖《あやかし》くるるが元気に挙手をした。他の七名は呆気《あっけ》にとられた顔をする。確かに、妖くるるは『無敵防御』持ちだ。それにしたって、ノリが軽すぎやしないか。

複数の疑問の視線に対して、妖くるるはぴょんっと跳んだ。足をパタパタさせて応える。

「だって、だって、誰かが試さないとダメなんだし、私様ちゃんはこんなところからは早く出たいんだよーっ！　そのための努力だったら惜しまなーい。そう、常に明るく粘り強くて、長時間配信も諦めない。それが、妖《あやかし》くるるだから。そうじゃなきゃ、いけないんだ」

奇妙なほど真剣に、妖くるるは断言した。そこからは、中の人の強迫観念が覗《のぞ》いている。ある意味、彼女は被《かぶ》ったアバターに振り回されていた。そうとしか、捉えられない言動だ。

だが、妖くるるの表情の美しさに、七音《ななね》は驚嘆の念を抱いた。

金に輝く目の中には、確かな覚悟が浮かんでいる。伊達《だて》に、人気配信者をしているわけではないという、意志の強さもうかがえた。ぽつりと、七音は心からの賞賛をつぶやく。

「……妖くるるさんは『自分』をしっかり定めている、素敵な人なんですね」

「えっ？　そっ、かな……えへへ。ヤダヤダ、急に。もーっ、七音ちゃんってば！　ハハーン、さては君も『夜っ子』になっちゃうのかなぁ？　いいよ、いいよ、なっちゃえー！」

「私の最推しは神薙《かんなぎ》で不動ですけど、それでもいいですか？」

「ぜーんぜん、ありあり。まずはそこからいこーっ！　よーし、私様ちゃん、頑張って、神薙ちゃんからの推し変えNTRをかまさせてみせちゃうぞ！」

「言い方ぁ！　そ、それに、私は神薙一筋です！」

「アンタも言い方っ！」

最後のは神薙だ。真っ赤になりながらも、彼女は咳《せき》ばらいをする。なんとも言えず妙な感じに空気は和んだ。その中でアイドルよろしく、妖くるるはラブリーなポーズを決める。

「――――【くるるん！　くるるん！　マジカルくるるん！】」

不必要なほどポップに飛び跳ねて、彼女は【鉄の処女】の中へ入った。

パタリと扉が閉じられる。妖くるるの能力は、『無敵防御』だ。だが、ダメージを受けないだけで、針を折ってしまうことはないらしい。さっきも、アエルの炎が直撃していた。痛みもないため、悲鳴はあがらない。だが、数秒後、代わりのごとく間抜けな声が響いた。

『ねー、私様ちゃんは驚異の天才なため、気づいてしまいましたが……この仕掛けって、血が出ないと無意味っぽいのでは？　規定位置に立ってから、ポンプの稼働音がするんだけど……悲しいことに、吸いあげるものがゼロなのよね』

あっ、と、全員が単純ミスに気がついた。言われてみればそうだ。これは犠牲者の血液を溜《た》め、その重さで、扉を開くというギミックだった。だが、妖くるるは怪我《けが》を負わない。

慌てて、七音は脳内で代替案を探る。神薙の能力、『人間みたいな』はダメージの鈍化だ。多少は血も流れるかもしれない。だが、即座に、七音は却下した。神薙に痛い思いなどさせたくない。それに、フラスコの目盛りは失血死に至るだけの数値を示している。あまりにも残酷かつ、過剰な悪意が滲《にじ》む要求だった。


このままでは、誰かが死ななければ通過できない。

そう空気は凍りかける。だが、七音は別案を思い付いた。彼女はシスター・アリアを見つめる。祈るように、修道女は指を組みあわせていた。不安そうな人へ、七音《ななね》はたずねる。

「シスター・アリアさん！　あの、水を見えない位置に落とすことは可能ですか？」

「はい？　急になんでしょうか？　それに見えない、位置とは？」

「妖《あやかし》くるるさんの足元です！　彼女が溺れない程度で、ポンプが汲《く》みあげられるくらいの量の水をだし続けてください！　血と錯覚させるんです！」

七音は訴えた。ハッと、シスター・アリアは息を呑《の》む。短く、七音はうなずいた。

【鉄の処女】から伸びるチューブには、各所に計測器がつけられている。液体はそこを通過する必要があるため、『フラスコ内だけを満たす』というズルはできなかった。だが、もしも計測が速度と量のみで、成分はふくまれていないのであれば、クリアできる可能性はある。問題は、水草や花が詰まらないか、だ。だが、そこは賭けだった。

感心したように、シスター・アリアはうなずきを返した。

「了解しましたわ。水の出現条件に『視界』が関係あるか否かは、隠しておきたい情報でしたが……お約束どおり、開示のうえで協力をいたします……可能ですわ。やりましょう
――【楽園の夢を見る　昏《くら》い澱《よど》みの底で】【結局　あの少女が神か　ペテン師か　私には】」

『DOGRA/MAGRA』が紡がれた。【鉄の処女】の内側で、バシャンと派手な音が響く。

ひょわにゃあっと、謎の悲鳴もあがった。明るくも焦ったような声が、中で弾《はじ》ける。

「無敵の私様ちゃんでも、流石《さすが》にびっくりしたーっ！　これって……シスター・アリアちゃん、だよね？　水で満たす方向性なら、私様ちゃんはお役御免で、出てもＯＫです？」

「ゴメンなさい！　もうちょっと、そのままで。誰かが指定位置に立っていないと、ポン

プが動かないと思います！　妖くるるさんがいないと、この作戦は成立しないんです！」

「了解ぴょん！　ブーストかけとくちゃん！」

元気に、妖くるるは応えた。だから、ナニキャラだよ。そう、アエルがつぶやく。余裕なようで、その声は緊張で掠《かす》れていた。息を詰めて、七音たちはチューブを見守る。音を立てて、濁った水が吸いあげられた。計測器に灯《あか》りが点《つ》く。フラスコが満たされた。

ガクンッと、スイッチが深く沈みこむ。カチッと音がして、傍《そば》の扉が解錠された。

整った顔を、ロイタース・ユウは無邪気にほころばせた。彼女は拳を突きあげる。

「よし、やった！　やったぞ！」

「なんとか……いけましたわね」

「ありがとうございます、シスター・アリアさん！」

「いいえ、あなたの発想のおかげですわ、七音さん。予測よりもずっと、柔軟な思考をお持ちの方でしたのね。己の侮りに謹んでお詫《わ》びを申しあげます……すでに出ていらっしゃいますの!?」

「なにより、妖くるるさん。お疲れ様でした。もう出てもいいのではって……すでに出ていらっしゃいますの!?」


シスター・アリアは驚きの声をあげた。どうやら、『よし』の段階で飛び出していたらしい。豪奢《ごうしゃ》なゴシックロリータをフワリと広げて、妖くるるは意味なく回転した。それから、ビシッとポーズを決める。星でも飛びそうなウィンクとともに、妖くるるは告げた。

「『夜っ子』のミンナー！　夜更かしはいっけないんだぞー！　耐久配信、第二ステージクリア！　さあ、次はどんなトラップ、ギミック、ワクワク、ドキドキが待つのかな？

それでも、私様ちゃんなら平気だよ？　キミも信じてくれるよね？」

恐らく、ソレは例の脱出ゲーム長時間配信での台詞《せりふ》だ。まるで主人公であるかのような振る舞いだった。だが、確かに、今回は彼女がＭＶＰでヒーローだ。七名は生温かくはあるものの、惜しみない拍手を送る。流石《さすが》に照れて笑った後、妖《あやかし》くるるは片腕を突きだした。

「さあ、最後まで、くるると一緒だよ！　うっ、グ、えっ？」

その眼球がぐるんとひっくり返った。声は無様に濁る。ドブシュッと紅色が噴きだした。

「ぼえっ……えぐ……あ……おっ……っ……」

痙攣《けいれん》後、彼女の足は急角度で崩れ落ちた。異様な形で座ったまま、妖くるるは動かなくなる。ビクッビクッと生々しく震えるたび、彼女の身体《からだ》からは粘つく紅が床へと広がった。

その腕や首やあちこちから、小型の噴水のように、血がぴゅうぴゅうと噴きだし続けている。

誰かが、嘘《うそ》だろと叫んだ。だが、事実は変わらない。

妖くるるの全身には、防いだはずの穴が空いていた。


【一人目の歌姫候補が死亡した】

幕間劇《まくあい》　妖くるる

『最終幻想少女★くるる』――知名度93、新規性2、攻撃力8（殺意次第で92まで向上の余地あり）、防御力100。

持続時間・五分。再使用間隔・一時間半。

ただし、知名度によるブーストで、×9・3倍の使用が認められる。

【憧れの己を体現した歌。我々はそう解釈いたしました。傷つきたくない。絶対に消えたくない。永遠のアイドルたる、幻想少女でいたい。その希望は脆《もろ》く、儚《はかな》いもの。ですが、現代社会においては普遍的かつ、絶対的な精神防衛の術《すべ》でもあります。故に、あなた様はマジカルくるるんになれる。生き残りに長《た》けた能力です。存分にご活用を】


コレを与えられた時、妖くるるは正直『勝ったな』と思った。


防御とは最大の攻撃だ。これは、妖くるるの信念とも一致している。守りが疎《おろそ》かなものは、どうしたって早々に消えるものだ。【時計兎《うさぎ》】による攻撃力の説明について『殺意次第で92まで向上の余地あり』と明記されていることもその証明だった。

『最終幻想少女★くるる』は、最長四十六分五十秒間無敵だ。

つまり、彼女が自力でメンバーを殺害しようとしても止める術はない。

その事実に、気がつく者はいなかった。とんだ、お人好《ひとよ》しどもである。

自分から口火を切ることで、他の面々から能力内容を引きだすこともできた。その分、完全秘匿を選んだ唯一の存在――たまちゃんは脅威に思えた。だが、たまちゃんは個人として大衆から認識をされていない。妖《あやかし》くるるとの露出度の差を考えれば問題はないだろう。

所詮、ミンナザコだ。相手にもならない。

あとは鈍器でもなんでも使用して殺しまくればいい――だが、妖くるるはやらなかった。

絶対的第一項目の『【少女サーカス】最終審査会場から、脱出しようと足掻《あが》くこと』が意識の片隅に引っかかったのだ。早々に虐殺をかましたせいで、脱出困難な状況に陥るのはごめんだった。コレはデスゲームの側面を持つ、脱出ゲームだ。ならば、基本はトライアンドエラーとなる。残機は多いほうがいい。

それに、なにより。

やりたくはなかったのだ、そんなこと。

ふっざけんなよ、ブッ殺すぞレベルに。

妖くるるは裏切りと転落を恐れている。それこそ、不眠症を患うレベルに。大手事務所からのデビュー、配信者としての知名度向上にともない、今や貯金額は積み重なっていた。だが、生活費と医療費と活動費以外は塩漬けだ。彼女はプライベートを楽しむことができていない。いつでも誰かに追われていて、監視され、呪われている気がする。

いや、誰かにではない。実は理由は明らかだ。
妖くるるは、己の過去から苦しめられている。

『転生前』――つまり、『妖くるる』になる前、ボッチ系個人配信者『狐耳月実《きつねみみつきみ》』だった頃に、やらかしてしまったのだ。狐耳月実は、いっそ面白いほどに流行《はや》らなかった。だが、一人だけ、仲良くしてくれた歌い手がいた。理由は、マイナーな漫画の更にドマイナーな敵役を、二人ともが好きだったからだ。アニメでは改変までされたキャラクターだというのに。最早《もはや》奇跡だと、語りあった翌日の朝焼けの眩《まぶ》しさは忘れられない。

知りあったとき、相手は中堅だった。だが、その、面白くものびやかで、適当な性格は世間の評判を呼んだ。歌だけではなく、ゲーム実況も評価された。そして、ある人気の男性配信者と定期配信企画を持つまでに至ったのだ。通常、事務所は男女間のコラボを避けがちだ。だが、『酒飲み人狼《じんろう》ゲーム・他全部ＡＩ』企画での、兄妹ムーブがバズった結果だった。二人の辛辣かつ気さくなやりとりは、他からも親しげに見えた。

だから、なのだ。他意は、なかった。本当になかったのだ。本当の本当に。

……本当に？

わから、ない。

『トトにゃすったら、めちゃフライドさんと仲良いよね？　実は付きあったりしてるー？　熱愛発覚ってなったりして！　うーん、そしたら、私、どうコメントしたらいいんだろ？』

気軽に弄《いじ》ったつもりだった。だが、友人の反応は致命的なほどに遅れた。しかも、その答えはあからさまに動揺していた。思った以上に、彼女の精神防御は薄かったのだ。狐耳《きつねみみ》月実《つきみ》はヤバッと悟った。確実に『ガチ』なやつだ。それでも挽回《ばんかい》の努力はした。なるべく誤魔化《ごまか》して、茶化《ちゃか》しまくって、トトにゃすは私のだぞ！　アピールも重ねて配信を終えた。アーカイブには残さず、SNSでは『トトにゃすが疲れてたから切り抜き禁止』を訴えて、祈るような気持ちで眠りについた。

起きたら、大炎上していた。

直後にインフルエンサーを通して暴露がなされたが、友人とゲーム配信者は交際していた。しかも、同棲《どうせい》までしていたのだ。それだけならば、まだよかった。当初は仲良しコンビを祝う声も大きかったからだ。だが、ゲーム配信者には長年の恋人が別にいて、略奪交際だった事実が密告された。一気に、すべてが泥沼と化した。友人の配信者生命はほぼ絶たれた。ゲーム配信者も、公式からのプロモ依頼を干され、多くの損害を受けた。

狐耳月実は逃げた。

今考えればめちゃくちゃなメンヘラ謝罪文を書き、投稿。そのうえ、一時間でアカウントを削除した。全動画も葬り、なるべく痕跡を絶って引き籠った。最悪だ。
だが、事態は意外な方向へ転がった。友人のファンの中には、崩壊のキッカケとなった狐耳月実を憎む者もいた。一方で、必死にかばう様は、平均的に見てそれなりの評価をされた。また、彼氏の配信者のクズっぷりが明らかになるにつれて、狐耳月実への罵声は消えた。むしろ、安否を心配する声すらあがるようになった。

それでも、二度とネットにはもどるまいと思った。あんな魔界にはいられない。
それなのに、大手事務所の四期生オーディションに応募したのは、ブラック企業に追い詰められて退職し、自暴自棄になっていたからだ。『ここならば受からないだろう』との見こみもあった。その開き直りが、逆に作用した。

結果、『狐耳月実《きつねみみつきみ》』は『妖《あやかし》くるる』になった。

もう、ボッチなザコはいない。彼女は人気の歌い手にして配信者の私様ちゃんだ。だが、いつ過去が掘り起こされるかはわからなかった。ネットに刻まれたスティグマは消えやしない。最近になって、『狐耳月実』と『妖くるる』の相似に触れる愚痴アカも現れはじめていた。最早《もはや》、先は見えている。転落は近かった。足を引かれれば二度と立ちあがれない。

だから、絶対に堕《お》ちないほどの地位が欲しかった。

Arielの後継になれても、前世への詮索は激しさを増すだけだろう。だが、王者の高みに立てたのならば意味は違ってくる。軽い炎上はむしろスパイスだ。過去を明らかにされても、信者が庇《かば》ってくれる。なにせ、『狐耳月実』に悪意はなかった。なかったのだから。


——本当に？

その疑念を頭から払えなかった。自分は友人を裏切ったのだろうか。わからない。だから、だ。全部はそのためなのだった。ゲームの危険性に気づきながらも誤魔化《ごまか》す発言をして、能力についても引きだしたのに、誰も裏切りたくなんてなかった。心臓を捧《ささ》げてもいいと叫ぶほど歌姫になりたいのに、特に七音の言葉でもうダメだった。裏切ってたまるか。

名誉に屈してたまるか。自分はそんな人間じゃない。証明しなければならなかった。だから頑張った。明るく、軽やかに、必死さは見せずに、なすべきことをなして、そして……。

最後に見えたのは、あの日、沈黙した、友人のアバターの無表情。

そして返事をすることができずに、震える指で消したメッセージ。

『悪意はなかったの？』

わかんないよ。

わかんないんだよ、ドチクショウ。

……………………私を置いていかないともだち、ほしかったなぁ。

第七幕　狼女《おおかみ》

死体は穴だらけで、ひどく無惨だった。

右の眼球は半分から下を、頬肉《ほほにく》ごと直線的に抉《えぐ》られている。その中身と視神経がどろりと溢《あふ》れ、垂れ落ちていた。肌に空いた無数の穴は、歪《いびつ》な窓を思わせる。暗い底には、生の肉と骨が覗《のぞ》いていた。勢いは衰えてきたものの、まだ血もぴゅうぴゅうと噴きだしている。まるで、『妖《あやかし》くるる』が少女の形をした、そういうマヌケな玩具《おもちゃ》でもあるかのようだ。

歪な惨状を前に、七音《ななね》は呆然《ぼうぜん》とつぶやいた。

「どうして……防御は無敵のはずじゃ」

「わからない……けれども、本来の継続時間である五分は確実に超過をしていた。ブーストを使用したはずだけれども……はじめてのことだし、失敗していたのかもしれないわ」

「……そ、ん……な」

冷静な声で、神薙《かんなぎ》は語った。へたりと七音はその場に座りこむ。深い考えもなしに飛ばしてしまった指示が己の胸へ突き刺さった。問いかけられたとき、自分はなんと応えたか。

『そのままでいてください！』

『了解ぴょん！』

そう言えばブーストの詳細については、妖くるる自身しか知らないのだ。万全を期すのならば、彼女には棺《ひつぎ》から一旦出てもらうべきだった。だが、『無敵防御』の再使用には時間が必要とも聞かされていた。ならば、七音の選択も誤りとは言いきれない。そのはずだ。

しかし、実際に、人が死んでしまった。

妖くるるの明るい声が、耳奥で弾《はじ》ける。

『七音ちゃんってば！　さては君も【夜っ子】になっちゃうのかなぁ？　なっちゃえー！』

「妖くるるさんは、私のせいで！」

「ウゼェんだよ、そういうのっ！」

吼《ほ》えるような声が響いた。急に、七音は胸倉を掴《つか》みあげられる。目の前で、アエルの瞳が炎のごとく輝いた。彼女は憤怒を露《あら》わにする。唾を吐き捨てるように、アエルは続けた。

「ごっちゃごっちゃぐっちゃぐっちゃ！　私が悪うございましたぁって、テメェは誰に対して認めて謝罪してんだぁ！　それに意味あんのか？　ねぇよな？　ないでちゅねーっ！　オナリてぇんなら、壁に向けて股を広げとけや！　いちいち見せびらかすんじゃねぇ！」

「……あのー、まほろは、発禁用語の使用はどうかと思います」

ボソッと、岬《みさき》まほろは温度のない声でつぶやいた。淡い目には軽蔑の光が浮かんでいる。

額を押さえて、シスター・アリアは首を横に振った。慣れているといった表情だ。そう言えばと、七音はぼんやりと思いだした。シスター・アリアとアエル。その黒歴史たるArielについての討論会の切り抜きは『ピー音』の嵐だった。今も、アエルの咆哮《ほうこう》は続く。

「いいか？　取り返しのつかねぇことへの謝罪なんてのはな、所詮は自己満足だ。そうでなけりゃ、赤の他人が渇望してくるエンタメなんだよ、そうだろ、なぁ！　『追い詰められた、悪い奴《やつ》』が泣いて謝りゃ最高だよなぁ？　罪悪感で死んだら拍手喝采か？」

あれ？　と七音《ななね》は首を傾《かし》げた。気がつけば、アエルの言葉は彼女へは向けられていなかった。虚空へ、アエルは中指を立てる。ためらうことなく、炎上の名手は罵声をぶつけた。

「ふっざけんじゃねぇっ！　審査がどうとか以前の問題だ。ライン越えだぜ！　胸糞《むなくそ》が悪いんだよ……いいか、忘れんなよ。アタシは気に入らねぇなら、神様にだって噛《か》みつくぜ」

「……アエルさ、ん……あ、の、私」

「だから、アンタも、ぴぃぴぃ耳障《みみざわ》りに泣くんじゃねぇ。ココを創った連中を悦《よろこ》ばしたいってのなら、話は別だけどよ。その時は、アンタも敵だかんな……まあ、今は、返す」

「へっ？」

ドンッと七音はアエルに突き飛ばされた、倒れる、と七音は目をつむる。だが、衝撃はなかった。彼女は柔らかいなにかに支えられる。目を開いて、七音は振り向いた。硬直し、彼女は顔を真っ赤に染める。あろうことか、七音は神薙《かんなぎ》に、背中から抱きしめられていた。

「か、神薙!?　なっ、なななななななななななな」

「ちょっと、あの、バグった機械みたいになられると、流石《さすが》に怖いんだけど」

「ご、ごめんなさ、ごめ、えっ、神薙、おああっ」

「ま、まあ、いいわ……この子のことは置いておいて……あのね、アエル。真意を理解はするけれども、あなたちょっと乱暴すぎるわ。何事にも言い方ってものがあるでしょう？」

「わーってるって、『かなり』乱暴だよな？　自覚がなかったら、逆に面白すぎんだろ

「……アタシは鞭役《むち》だから、飴役《あめ》は頼んだってやつさ。せいぜい、いい子いい子してやんな」

ひらひらと手を振り、アエルは歩きだした。その背中を、シスター・アリアが待ちなさいと追いかける。どうやら、説教がはじめられたようだ。へいへいほーほーと流しながら、アエルは扉の向こうへ消えた。シスター・アリアも続く。しばらく悩んだあと、ロイタース・ユウは神薙へ片手を立ててみせた。どうやら『君に任せた』という意味らしい。口笛を吹きながら、たまちゃんも行進する。ぺこぺこと礼をしてから、岬《みさき》まほろも立ち去った。

全員が扉の向こうへ消える。

七音と神薙だけが残された。

どうすればいいのかと七音は混乱した。現状は、神薙に多大な迷惑をかけてしまっているに違いない。だが、当の彼女が離してくれなかった。いったい、なにを言えばいいのか。

迷いの極致に達して、七音はオーバーヒートした。そこで、神薙がつぶやく。

「……小説や映画からの、知識なのだけれどもね。脱出ゲームなんて状況下では、打開すべく努力した人間こそがすべてを背負いこまされがちなの。私はそれは正しくないと思う」

「……それでも、私に責任がないとは」

「もちろん、あなたの気持ちもわかるわ。割り切れないと言うのなら、否定なんてしない。でも、今は先へ進みましょう？　ここを出たら、しっかり話を聞いてあげるから」

「私と、リアルでも会ってくれるんですか？」

思わず、七音は声を上擦らせた。夢のような言葉だった。なにせ、絶対に叶《かな》わない望みだと考えていたのだ。しかし、神薙《かんなぎ》はうなずいた。気配からわかるだけで、顔は見えない。

だが、恐らく微笑《ほほえ》んでいる。そう察せられるほどに、彼女は優しい声をだした。

「もちろん。あなたが望んでくれるなら……さあ、行きましょう。もう、左は見ないでね」

七音《ななね》の両手をワルツのようにとり、神薙は歩きだした。己の身体《からだ》で左側の視界を遮りながら、彼女は進む。その気遣いを理解しながらも、七音は神薙の背後に目を向けた。だらりと、死体が手足を弛緩《しかん》させている。血塗《ちまみ》れの姿に、愛らしくも強い、妖《あやかし》くるるの面影はない。精神は消えた。肉だけが、無数の剣に突き刺されたかのような有様で残されている。

（…………あ、れ？）

なにか、七音は違和感を覚えた。だが、言葉にする暇はない。ゆっくりと、彼女たちは第二の部屋の扉を越えた。目の前には、長い灰色の廊下が伸びている。七音は息を呑《の》んだ。

瞬間、背後で扉が勝手に閉まった。

どうしようもなく嫌な予感がした。

＊＊＊

しんっと、静寂が耳を叩《たた》く。もどることはできそうにない。

不安を呑みこみ、七音は進んだ。神薙とともに無言で歩く。しばらくすると前方から誰かが駆けてきた。ロイタース・ユウだ。端整な顔立ちを、彼女は明確に引《ひ》き攣《つ》らせている。冷や汗を拭いつつ、彼女は足を止めた。声を震わせて、ロイタース・ユウは異常を訴える。

「ふ、二人とも！　急いで来て欲しい！　大変なんだ！」

「い、いったい、どうしたんですか？」

「説明するより、見てもらったほうが早い！　悪いが、急いでくれたまえ！」

芝居の台詞《せりふ》じみた口調で、ロイタース・ユウは告げた。続けて、来た道をもどりはじめる。七音と神薙はうなずきあった。三人は灰色の廊下を駆ける。周囲には、飾り気のない壁や天井が延々と続いた。灯《あか》りすらない。だが、なぜか、視界はほのかに明るかった。行き止まりには、ドアがある。ソレは大きく開かれたままにされていた。速度をあげて、七音と神薙は中へと飛びこむ。不意に、ロイタース・ユウが切羽詰まった声で叫んだ。

「危ない！　一時、止まってくれ！」

「はいっ⁉」

急遽《きゆうきよ》、七音は靴底でブレーキをかけた。念のため神薙のドレスの裾も掴《つか》む。だが、彼女はすでに止まっていた。慌てて手を放して、七音は辺りを見回す。そして思わず絶句した。

アエルにシスター・アリア、岬《みさき》まほろにたまちゃんが立っている。

ロイタース・ユウも息を荒らげていた。全員がいる。つまりは、だ。

誰も、先に進めていない。

その理由は明らかだった。

目の前で、床が途切れている。

黒の奈落が広がっていた。その底からは、生温《なまぬる》い風が吹きあげてくる。だが、覗《のぞ》きこんでも、なにも見えなかった。それなのに、怪物の視線でも返ってきそうな不気味さがある。『深淵《しんえん》を覗《のぞ》く時、深淵もまたこちらを覗いているのだ』——そんな格言を、七音《ななね》は思いだした。首を横に振って、彼女は顔をあげる。予想通り、次の扉は対岸上に設けられていた。ここを渡れと言うのだろう。だが——。

「どう、やって？」

人は、飛べない。

＊＊＊

「無理、ですっ！」

当然の流れとして、岬《みさき》まほろの『飛行能力』が注目された。だが、第一声がコレである。視線が集まる前に、彼女は高速で首を横に振った。まだ誰も、問いかけすら口にしては

いない。それなのに頭を抱えて、岬まほろは哀れなほど必死に訴えた、

「歌名と歌詞は言えません。ですが、まほろの機械羽の能力数値は『知名度2、攻撃力8、防御力23』なんですよ！　しかも、継続時間は体力次第です。皆さんを運ぶどころか、まほろ自身がこれっぽちも渡りきる自信がありません！　死んだって飛びませんからね！」

「アンタもかわいそうな子かよ」

「失礼ながら、岬まほろさんにはブーストもかかりませんものね……困りましたわ」

アエルは呆《あき》れた。シスター・アリアは溜息《ためいき》を吐《つ》く。侮辱と受けとめたものか、岬まほろは真っ赤になって震えだした。プルプルする様は、小動物のごとくかわいらしい。だが、このままではイジメになってしまう。嫌がる人に無理を強いても、結果は望めないだろう。

岬まほろの助力は諦めて、七音は奈落を観察した。

（対岸まで……十五メートルくらいはある、よね）

絶望的な距離ではない。だが、自力で渡るのは不可能なだけに、逆に残酷というものだ。

奈落は暗く、深い。黒で塗り潰《つぶ》されているかのごとく、底は見えなかった。だが、堕《お》ちて無事で済むと、期待できる要素など微塵《みじん》もない。じっと、七音は対岸を睨《にら》んだ。そこで、ふと気がつく。向こう側の断壁には、大きなひび割れが横向きに走っていた。

（……でも、人が死ぬ可能性は充分にある）

アレを利用すれば、いけるかも知れない。

「僕はたまちゃん、君はナナンネ。聡明《そうめい》な子。面白いのも評価点。ンフフッ。だからね。意見は言おう。沈黙は死者の特権なり。考えて、喋《しゃべ》る。それが必要。僕らには、ね。ンフ」

「……えーっと？」

「『意見があるのなら必要だから言って欲しい』……翻訳するのならば、そういう内容なのだと思いますわ。私も同意見ですの。このまま衰弱死を待つことは最も愚策ですからね」

たまちゃんの言葉を、シスター・アリアが嚙《か》み砕いた。修道服のヴェールを重く揺らしながら、彼女は七音《ななね》を覗《のぞ》きこむ。そして、真剣な調子で言葉を紡いだ。

「誇ってはいかがですの？」

「なにがですか⁉」

「あら、ずいぶんと自覚のない子羊なのですね。私が他人を信頼するのは、よほどのことですのよ……あなたの発案は評価に値しますわ。たとえ、イレギュラーが発生しようとも、ね……今度は、なにを思いつかれたのですか？　素直じゃないアエルはともかく……皆さんもお聞きになりたいでしょう？」

「はい、まほろは知りたいです！　教えて、七音さん！　まほろはいきなり怒ったり、発禁用語で責めたりなんてしませんから！」

両の拳を固めて、岬《みさき》まほろが訴えた。飴玉《あめだま》を思わせる目を最大限に尖《とが》らせて、彼女は気丈にアエルを睨《にら》む。

七音は瞬《まばた》きをした。確かに、先程の叱咤《しった》は乱暴だった。だが、アエルなりの気遣いだと判明している。一方で、岬まほろにはまるで伝わっていない様子だ。思わず、七音はアエルのほうを見た。岬まほろの勘違いは完全に無視して、彼女はうなずく。

「ハッ、どっちだっていいーけどよ。アンタの提案によってナニが起きようが、そりゃ、止めないことを選んだアタシのせいってなもんだ。また、ピーピー泣き喚《わめ》くんじゃねぇぞ」

「……君にばかり背負わせるようなことをしてしまい、申し訳なく思うよ。だが、僕は頭が固くてね。可能ならば、助けとなる発案が欲しいんだ……どうか、よろしく頼みたい」

この通りと、ロイタース・ユウは深々と頭をさげた。

神薙《かんなぎ》は無言のままだ。だが、強く片手を握ってくれる。七音は目を閉じた。なにも言わずに、やりすごすという選択肢は消えていく。妖《あやかし》くるるは死んでしまった。あの無惨さは忘れられない。それでも、皆は七音を信じてくれている。ならば全力で応えるべきだった。

考えてみると、ここもまた舞台上だ。

降りるまでは、胸を張るべきだった。

そう決意をして、七音は滑らかに語りはじめる。

「能力の『拡大解釈』が、鍵となると思うんです」

＊＊＊

「恐らく、ですが、能力は『私たち自身に与えられている情報』より、応用が利くものだと思うんです……例えば、私の『盾』には攻撃力の項目が設けられていますが、これっておかしいですよね？　『盾』は防御専門のはず……つまり別の使い道があるはずなんです」

憶測を口にしながら、七音《ななね》は自分でも不思議な感覚に襲われていた。学校での彼女の成績は、平均以下なのだ。決して、七音は賢い少女ではない。だが、彼女には自覚があった。

今、ある種の才能が開花しつつある。

七音の持つ『生まれながらにおっとりとした、闘争を嫌う性質』――ソレが事態の硬直と悪化を避けるため、脳をフル回転させていた。結果、彼女は複数の角度と視点から現状を打ちえるカードを検討し、可能性を見出《みいだ》すことができている。息を吸って、七音は続けた。

「同時に、私は配信者としてデビューをしていないため、ブーストは0です。実際に『盾』を応用することは難しいでしょう……しかし、ロイタース・ユウさんはどうでしょうか？」

「僕、かい？」

「はい。『ワールドエンド・リセットゲーム』は、透明な刃《やいば》を生みだす力です。その形、長さ、幅、硬さがどの程度まで調整可能なのかを、まずは確かめたいと思います」

「……もしかして？」

「そうです」

七音はうなずいた。透明な刃は、目に見えない。

実は、その形状には決まりがなく、制作者の意図によって変化する可能性があった。もしも縦に長く、幅が広く、硬度のある刃を生みだすことができれば――。

「前提条件として、ブーストの最大使用を求めます。利用回数に制限があったり、数時間の発動禁止ペナルティなどが生じても、です。そして対岸に刻まれている、横向きの罅《ひび》割れ――あそこに深く刃を打ちこんで、こちら側へと斜めに立てかけるんです。そうすれば」

透明な橋が完成します。

七音の発言に、ロイタース・ユウはうなずいた。

「わかった……まずは、能力の実験をしてみよう」

他メンバーの協力のもと、彼女は行動に移った。ロイタース・ユウは自身の意識した形状と、実際に完成した刃の輪郭差を、アエルの炎による屈折も利用して確かめていく。

やがて、結果はでた。ひとつを残して、彼女は刃を消す。そして静かに目を閉じた。

少し考えたあと、ロイタース・ユウは瞼《まぶた》を開いた。覚悟を決めた声で、彼女は語る。

「開示しよう、僕の知名度は86だ。だが、そのほとんどが歌ではなく、ゲーム配信で得た評価でね。そのため他の皆とは違い、一回で使いきりなんだ……代わりに、刃の最大サイズと硬度を8・6倍にできる。そして、通常の刀身の長さは、僕の身長と同程度だ」

期待をこめて、他の全員が王子様然とした姿を眺めた。ロイタース・ユウは中性的かつ、背は高めだ。年齢設定が上であろう、シスター・アリアにも負けてはいない。

そうして、ロイタース・ユウは重く続けた。

「僕は百六十六センチメートルだ。つまり、罅《ひび》割れ内に差しこむ分を引いても、ブーストを使用することで、大体十四メートルの刃《やいば》を作れる――一メートルほど足りない。だが、走り幅跳びをすれば、飛び乗れる計算だ。理論上、橋の作成は実行可能だとも」

決して不可能ではない。そう、七音《ななね》は目を輝かせる。だが、大きな問題もあった。ここでブーストを使用すれば、ロイタース・ユウの優位性は損なわれる。無理強いはできない。

また、一番手に渡る人物も決めがたかった。

硬度も補強対象だ。だが、跳び乗った瞬間に刃がしなる――あるいは抜ける、などのトラブルにより、落下する危険性は存在した。また、一番手が目印を残せば、幅跳びの恐怖は薄くなる。だが、スタートを切る人間は完全に見えない場所へ着地しなければならない。

考えるだけでも恐ろしかった。

(本来、適任は岬《みさき》まほろさんだ)

機械羽が使える以上、刃の硬度が不足した場合でも緊急浮上が可能だ。それに、着地も比較的安全にできるはずだ。だが、指名を恐れてか、岬まほろは子犬のように震えている。大きな目には、いっぱいの涙まで湛《たた》えられていた。やはり、彼女は臆病な性質のようだ。

怖いものは、怖いのだろう。

（だから、私がいかなくちゃ）

　そう、七音は覚悟を決めた。加えて、ロイタース・ユウに実行をお願いするべく、口を開いた。だが、七音がなにかを言う前に、白い手が伸ばされた。くしゃくしゃと、ロイタース・ユウは七音の頭を撫《な》でる。それから、爽やかに微笑《ほほえ》んで告げた。

「心配はいらない。この案は、全員の体力があるうちに試すべきだ。ブーストは使うとも。ただ……一つだけ、僕のワガママを聞いてはもらえないだろうか？」

「なんでしょう？　なんでも言ってください！」

　七音は前のめりになった。どんな要望でも叶《かな》えるつもりだ。だが、ロイタース・ユウは無言でジャケットを脱ぎ捨てた。しなやかな腕を晒《さら》しながら、彼女は思わぬことを告げる。


「テストプレイは、僕がやる」


　思わず、七音は愕然《がくぜん》とした。なぜ。どうして。あなたこそ、そこまで負う必要はない。その困惑に、ロイタース・ユウはウィンクで応えた。彼女はどこまでも王子様然と続ける。

「自慢じゃないが、僕はパルクールを使用したＶＲゲームで、敗北したことはないんだ」

　だが、ここは仮想空間ではあるものの現実だ。ゲームとは大きく異なる。それなのに、ロイタース・ユウは淡々と歌を紡いだ。『ワールドエンド・リセットゲーム』を使用。ブーストを消費する。向こう岸の罅割れに、透明なナニカがガッと嵌《は》まった。ソレを確認すると、ロイタース・ユウは開いたままの扉から外へでた。距離を開けて、彼女はつぶやく。

「脱出ゲームだろうが、ゲームだ。実況者が、負けてたまるか」

そして、ロイタース・ユウはクラウチングスタートを決めた。

＊＊＊

廊下の長さを利用して、彼女は急加速をする――そのまま奈落に堕《お》ちる寸前で、上手《うま》く踏みきった。コンクリートを強く蹴って、ロイタース・ユウは飛ぶ。腕を回して調節し、狙い通りの箇所へ落下した。三メートルは跳んだだろうか。堕ちると思った瞬間、ダンッと硬い音が響いた。一瞬、その足元は震えた気がする。だが、大きく崩れる様子はない。

まっすぐに立ち、ロイタース・ユウは細く息を吐いた。両腕を広げて、彼女は振り向く。

「見てくれ。今のところ問題はなさそうだ。あとは着地の衝撃に、刃《やいば》がどこまで耐え続けられるかだが……この安定感なら、もっと思う。皆、慎重に、けれども、急いで渡ろう」

語り終えると、ロイタース・ユウは歩きだした。目印として、自身の服の一部を切って置こうとする。だが、神薙《かんなぎ》が別の発案をした。シスター・アエルが小さな水球を浮かべる。そこから、ロイタース・ユウは濡《ぬ》れた水草や花を摘《つま》み、縁に貼っていった。

空中に、橋の輪郭が浮きあがる。二人目からは、これで大分楽になるはずだ。

「よし、っと……じゃあ、次のお嬢さん、どうぞ」

無事に渡りきり、ロイタース・ユウは優雅に手を振った。

喜びながらも、残された面々は視線を交錯させる。さて、ここから先は事情が異なった。強度のことを考えれば、先に渡ったほうが有利だ。計るように、皆は目を細める。そこで、神薙《かんなぎ》が七音《ななね》の手を掴《つか》みあげた。凛《りん》とした目をして、彼女は有無を言わさぬ力強さで告げる。

「貢献度を考えるのなら、次はこの子が渡るべき。そうじゃないの？」

「別に異論はねえよ。分け前ってやつは、働いたヤローが多くもらうべきだかんな」

「私も同意見ではあるのですが……あなたが言うと、なんだか山賊っぽいですわね」

ニヒヒッと、アエルは笑った。深々と、シスター・アリアはため息を吐《つ》く。神薙は、七音へ穏やかな眼差《まなざ》しを向けた。だが、行くようにとうながす視線に対し、七音は首を横に振った。なぜ、と問いたげな視線が突き刺さる。ソレに向けて、七音は嘘《うそ》偽りなく答えた。

「……神薙の後がいいのと、なにより踏みきりでコケそうで……何回かお手本を見たくて」

「つくづく、かわいそうな子かよ」

「まほろはね、その気持ちわかるよぉ……でも、そうすると難しいね。何番がいいとも言いきれないし……ここはいっそ、皆、ジャンケンで決めちゃうのはどうかなあ？」

考え、考え、岬《みさき》まほろは提案した。確かに、それが早いだろう。勝負の結果、シスター・アリアが一番手となった。彼女は部屋の隅から――ロイタース・ユウが消さずに置いていった――透明な刃《やいば》を、足先で探って引き寄せた。ヴェールで挟んで慎重に持ちあげ、スカートに切れ目を入れる。修道服に、彼女は長いスリットを生みだした。眩《まぶ》しいほどに白く、肉感的な太腿《ふともも》が露《あら》わにされる。本気の目をして、シスター・アリアはつぶやいた。

「……参りますわ。御覧なさいまし」

その結果、一メートル二十センチ。

全員がもうダメかと声をあげた。だが、危うく堕《お》ちかけながらも、シスター・アリアは着地した。よろよろビクビクしながら、彼女は四《よ》つん這《ば》いで橋を渡りきる。向こう岸に辿《たど》り着くと立ちあがった。腕を組み、シスター・アリアはふふんと得意げな表情を浮かべる。

「この流れから、なんであのドヤ顔できんの？」

「次はー、たまちゃんーたまちゃんー。お飛びの方、つまりー、僕はお急ぎくださーい」

「アンタもなんで、新幹線のアナウンスなんだよ。こだまかのぞみかひかりかどれだ？」

「シスター・アリアが先に渡ってしまったせいで、ツッコミへのツッコミがいないわね」

「あれ、たまちゃんさん、ソレ、持っていくんですか？」

アエルの無双に対して、神薙は額を押さえた。一方で、七音は首をかしげる。

その両腕に、たまちゃんはロイタース・ユウのジャケットを恭しく抱えていた。相変わらず目は虚無的なまま、彼女はニィっと唇を歪《ゆが》める。奇妙に明るく、たまちゃんは応えた。

「僕の白衣は血塗《ちまみ》れ。もうダメ。でも、ロイタタスのは違う。ならね。あってもよし」

「ヒポポタマスみたいな呼び方すんな？」

「もう、あなたは黙って」

アエルと神薙《かんなぎ》のやりとりの間に、たまちゃんはひらりと跳んだ。なんと助走もなしに、彼女は透明な刃《やいば》の上へ着地する。テッテコッと、たまちゃんは対岸へ急いだ。ジャケットを渡そうと、前へ差しだす。微笑《ほほえ》みを浮かべて、ロイタース・ユウは彼女へと駆け寄った。

「ありがとう。わざわざ、すまない、ね、えゔっ？」

ぶつりと音が鳴り、声が濁った。じわじわと視線を下げて、ロイタース・ユウは己の腹部を見る。そこにはなにもない。だが、黒のハイネックニットには穴が開けられていた。ナニカが服を裂き、肉を貫いて、奥までめりこんでいる。ずるりと、ソレは引き抜かれた。ロイタース・ユウは血を吐く。だが、まだ生きてはいた。震えながら、彼女は跪《ひざまず》く。

「うっ……えぐっ……あっ」

「ひゃっほい！」

瞬間、たまちゃんは跳ねるように動いた。血の軌跡を見て、七音《ななね》は悟った。

たまちゃんは、ジャケットを利用することで、先ほどシスター・アリアが使用した透明な刃を掴んでいた。指を切ることなく、彼女は存分に凶器を振り回す。たまちゃんは――無力化したロイタース・ユウではなく――シスター・アリアのほうを狙った。だが、シスター・アリアは素早く反応した。彼女はなにかをつぶやく。

恐らく『DOGRA/MAGRA』だ。

小さな水球が生まれた。ソレは、たまちゃんの口元を狙う。七音は目を見開いた。

シスター・アリアの能力は、対人戦にも優れていたのだ。だが、呼吸を止められる前に、たまちゃんはなにかを囁《ささや》き返した。水球は崩れ落ちる。シスター・アリアは目を見開いた。

同時に、七音は気がついた。シスター・アリアは致命的に間違えた。口の前ではなく、たまちゃんの『喉の中』に水球を生めば、彼女の勝ちだった。だが、やり直しは聞かない。

斧《おの》のごとく、たまちゃんは刃を振るう。ドガッと嫌な音が鳴った。

シスター・アリアの白い首の根元へ、透明な異物が叩《たた》きこまれる。

断首には技術が必要だ。シスター・アリアの首は、完全に切れることなく、斜めにひん曲がった。硬い背骨も折れはしない。惨《むご》たらしい傷口から、大量の血液が噴きだした。そのまま、たまちゃんは凶器を手前へ引いた。ゾリリと、豚肉の塊を削《そ》ぐのと似た音が響く。一気に、紅が激しく噴きだした。ソレは天井までかかる。筋繊維を断たれて、シスター・アリアの首は傾いた。頭部の重さによって、ミチミチと肉は割れていく。そこは脂肪ごと、びらっと大きく開いた。背骨の一部を覗《のぞ》かせながら、シスター・アリアは後ろへ倒れる。

「きゃっほいっ！」

明るい声が上機嫌に弾みをつけた。たまちゃんは全身を半回転させる。そのまま竜巻のごとく、ロイタース・ユウへ刃を振るった。細い喉元が半ばまでぐしゃりと切り潰《つぶ》される。

「や、やべへっ……ぶごっ」

「ごめんね。ごめんね。痛いよね。いったいよねーっ！」

歌うように、たまちゃんはささやいた。そのまま、彼女は後ろへさがる。どうやら、透明な刃を手放したようだ。ロイタース・ユウの首筋に突き刺さったまま、ソレは残される。

「あっ……おっ……づっ……」

中性的な美貌を苦悶《くもん》で歪《ゆが》めながら、ロイタース・ユウは必死に刃《やいば》を掴《つか》んだ。指が切れ、新たな血が噴きだす。本来、彼女には刃を消すことが可能だ。だが、刺された状態では思考が回らないらしい。ひいひいと泣きながら、ロイタース・ユウはもがいた。刃を抜こうと、彼女は何度も試みる。皮膚が肉ごとずるずるに裂け、びろびろと揺れた。小指の第一関節より前が完全に切れ、ころりと転がる。同時に、ロイタース・ユウの眼球はフッと上を向いた。糸が切れたかのように、彼女は後ろへ倒れる。恐怖と苦悶に固まった顔からは、生前の王子様然とした気品は消えていた。次の瞬間、刃は消えたようだ。塞いでいたモノがなくなり、喉から面白いほどに紅が流れていく。遅れて、七音《ななね》は理解した。

刃が消えたとは、つまり、そういうことなのだ。

能力の持ち主の、ロイタース・ユウは絶命した。

一連の凶行を、七音たちは確かに目撃した。それなのに、誰も動けなかった。

展開についていけていない。なにせ、くり広げられた惨劇には『キッカケがなかった』——正当性も理由も筋道すらない。ソレは歪んで、壊れきった者しかなさない類の無差別殺人だった。実は緻密《ちみつ》な芝居でしたと語られたほうがまだ納得できる。対岸に残された者たちは、ただ唖然《あぜん》とした。その前に広がる奈落の向こうで、たまちゃんは優雅な礼をする。

「僕はたまちゃん。次はダレ？」

＊＊＊

「あ……アリアアアアアアアアアアアアア！　死んだのか？　オイッ、嘘《うそ》だろ？　コラッ、アタシがシスターつけずに呼んでんだぞ！　跳び起きてキレろや……なんの、冗談だよぉ」

軍帽を押さえ、アエルは屈《かが》みこんだ。驚いたことに、彼女はロイタース・ユウではなく、犬猿の相手の死へと反応する。小さく、アエルは震え続けた。だが、不意に、その全身を大きく跳ねさせた。前へと、彼女は獣のごとく飛びだす。慌てて、七音はその腰に抱き着いた。奈落にダイブしそうなアエルを、必死になって押さえつける。

「どうか落ち着いてください、アエルさん！　ロイタース・ユウさんも殺されました！　刃の橋も消滅しているんです！　もう渡れません！　堕《お》ちてしまいます！」

「知るか知るか知るか知るかやっぱ知らねぇわっ！　殺す殺す殺す！　絶対に尻穴から手突っこんで腸引き抜いて、ブチ千切って、テメェの喉に糞《くそ》ごと詰めこんでやらあっ！」

「やめなさいっ！　それ以上暴れたら、七音まで堕ちるわ！　お願い、落ち着いて！」

止める人員に、神薙《かんなぎ》も加わった。無我夢中で、二人は――手負いの狼《おおかみ》のごとく――暴れるアエルを押さえこむ。だが、岬《みさき》まほろだけは別の行動をとった。スッと、彼女は厳かに前へ進み出る。そうして白い手を組みあわせ、天使が神様に問うかのごとく、たずねた。

「……まほろは不思議に思います。なんで、今だったんですか?」

「ンフフ」

「どうしてですか、たまちゃんさん?」

心から不思議そうに、岬《みさき》まほろはたずねた。面白がるように、たまちゃんは目を細める。

その頬《ほお》をどろりと返り血が伝った。肉片交じりの雫《しずく》を舐《な》めとり、彼女は歌うように応える。

「単に。アレ。狼《おおかみ》と羊。川渡りパズル」

それはまるで意味不明な理屈だ。

同時に、単純な法則でもあった。

＊＊＊

ここから。ちょっと気合いだす。ンフフ。滑らかにいこう。

えっと、狼三匹、羊三匹のパズルってあるよね。彼らの前には川がある。船は全頭が漕《こ》げる。

船には二匹まで乗れる。羊より狼の数が多くなると、羊は狼に喰《た》べられる。さて、どうすればいいでしょう? そういうゲーム。ただ、僕のは『抜粋』型。もっと単純。狼は一匹。

羊は六匹。羊が分断されて、半数以下になったら喰べよう。そう、決めてたんだ。僕。最初から、ルールにしてた。単純な法則。僕の遊び。言ったはず。お礼は的外れ。僕は僕。君らをずっと殺したかった僕だから。ンフフ。隙、うかがってました。うん。そもそもココにだって第一回目の【少女サーカス】でナニカ、ステキなコトがあったらしいって裏掲示板で聞いてね、来たんだし。裏掲示板いいよね。古めの響き。ンフフ。古典、古典。

歌姫の地位？　脱出ゲーム？　最終審査？

関係ない、ないよ。僕の殺人とは無関係。

思ったことない？

一度は人を殺してみたい。んで、21歳くらいで自殺したいって。

ないのか。うん。わかった。そう。

でも、僕は僕だから。

そうしたかったから、そうしたの。

それだけかも。バイバイ、またね。

たまちゃんの提供で、お送りしました！

幕間劇《まくあい》　ロイタース・ユウ

好きなのはゲームだけだ。歌うことなんて、別にどうだっていい。
それでも、彼女は歌姫の地位が、喉から手がでるほど欲しかった。

元々、ロイタース・ユウはゲームの人気配信者だ。生来の穏やかな性格と、中性的な振る舞い。仲間への丁寧なサポートと、制作者リスペクトを忘れない言動。それらはじわじわと評判を呼んだ。だが、彼女の人気に火を点《つ》けた要因は、残念ながらソレらとは異なるイロモノなシロモノだった。そこなら、よかったのに。残念ながらそうではなかったのだ。

相棒の、地雷系女子。黒咲《くろさき》キャラ子との百合《ゆり》売り。
ソレがロイタース・ユウに求められたモノだった。

黒咲キャラ子のアバターはとても可愛《かわい》い。服から爪からツインテールの髪から、黒とピンクだけで構成されている。声は甘ったるくて、いかにもバカっぽく、ワガママそう。加えて、めちゃくちゃにメンヘラっぽい。それでいて、得意なのは頭脳プレイだ。FPSでは、敵チームの裏をかくのが上手《うま》く、度々逆転勝利を決めてみせた。あざというえに美味《おい》しいところを持っていきがちだし、姫プレイも好んではいる。それでいて失敗へのフォローは速く、キチンと礼は言うし、謝罪も欠かさない。そういう、妙に癖になるキャラクター性の持ち主だった。正直、黒咲キャラ子なら一人でもブレイクしただろう。だが、事務所はセット売りを選んだ。ロイタース・ユウは黒咲キャラ子を甘やかし、賞賛し、可愛がって、宥《なだ》めて、流石《さすが》は僕のお姫様だねと笑うように指示された。つまり、彼女の王子様だ。

ハッキリ言って、クソもいいところな役目と言えた。

凄《すご》いのは、黒咲キャラ子も同意見だったことである。

彼女はバカではない。愛らしいメンヘラではなく、打算的な女だった。

事務所が百合を選択したのには、黒咲キャラ子の移籍を防ぐ目的もあったのだろう。そして、黒咲キャラ子はストレス耐性が強く、演者の素質もあった。事務所の描いた方針が受けると見るや、黒咲キャラ子は小悪魔姫を貫いた。相棒に甘える自分を演じ続けた。

黒咲キャラ子は嫉妬深いお姫様。ロイタース・ユウにだけはワガママも言っちゃうし、すぐ膨れる。私のことだけを見てくれなくちゃイヤだ。そんな茶番を、SNSでも徹底させた。大規模コラボ案件を貰《もら》えたオンラインゲームでは、抽選で当たったリスナーの前で、結婚式すらも挙げたのだ。黒咲キャラ子は可愛かった。ロイタース・ユウは吐き気がした。

裏ではバチクソに文句を言いあいながらも、そんな日々が続くかに思えた。

だが、相棒関係は唐突に破綻した。黒咲《くろさき》キャラ子は目標額の貯金を達成後――密《ひそ》かにフレンド登録し、交流を深めていた――大手広告代理会社の若社長と電撃結婚を決めたのだ。

残されたロイタース・ユウとしてはたまったものではない。

今までの蜜月っぷりは嘘《うそ》だった。そう暴かれたのが痛すぎた。

ここに至っては、言動のすべてに対して疑いの眼差《まなざ》しを向けられてしまう。すでにしみついた王子様的な振る舞いは、悪意をもってネタにされるようになった。

冷たい雨のごとく嘲笑《ちゆうしよう》は降り注ぎ、ロイタース・ユウを存分に打ちのめした。

唯一の救いは、黒咲キャラ子がロイタース・ユウとの関係を無言でぶった切ったことだった。運営への文句や罵詈雑言《ばりぞうごん》のログは、外へださなかったのだ。おかげで、単推しのファンは残った。また、ロイタース・ユウを『尽くしたのに、フラれた被害者』と見なす者も増えた。大手配信者から――気晴らしによければと――『歌ってみた』のコラボ企画ももらえた。その縁から、配信者用対戦フリーゲームのOP曲として、『ワールドエンド・リセットゲーム』は生まれた。このまま独りでも、なんとか食べてはいけそうだった。

だが、限界を迎えた。

どんなゲームの配信でも、硬派なプレイスタイルに切り替えようと、黒咲キャラ子の話題がついてくるのだ。『姫』、『嫁』、『恋人』、『元彼』、『かわいそう』――どれだけ、単語をNG登録しようが、終わらない。そのうち、コントローラーを握るだけで、過呼吸を起こすようになった。追い詰められ、ロイタース・ユウは黒咲キャラ子にメッセージを送った。ありったけの罵声と文句をぶつける。無言ブロックされると思ったのに、返事はきた。


『あのさ。あんだけ売り方を嫌がってたのに、なんで脱出方法考えとかなかったの？』

『こっちはちゃんとしてたから、そっちもそうだと思ってた。マジでウケるんだけど』


その通りだった。


結局、悪いのはロイタース・ユウだった。舌打ちをしながらも人気に甘えてなんの対策も打たなかった。未来の布石すら打たなかったのだ。黒咲キャラ子は違った。それだけだ。

ロイタース・ユウは悔んだ。悩んで、病んだ。

だから、まったく違う舞台に立ちたくなった。

『ここではないどこか』なら、別の評価を受けられるかもしれない。黒咲キャラ子の影も切り捨てられる。そう信じた。そのためにならば、悪魔に魂すら売り払えた。だが、生来のゲームへのプレイスタイルが、己に非道になる道を許さなかった。それで、この有様だ。

喉から血を噴きだしながら、ロイタース・ユウは考える。

もしも、自分が狡猾《こうかつ》に振る舞えたのなら。打算と目標を基に、容赦なく動けたのなら。黒咲《くろさき》キャラ子を加害者に仕立てあげ、すべてを悲劇として話題にだすことを禁じ、独自のプレイスタイルの確立もできただろうか。そこで、ロイタース・ユウはもしかしてと気づく。

黒咲キャラ子は『そうできるように』消えたのではないか？

『こっちはちゃんとしてたから、そっちもそうだと思ってた』

彼女は打算的で、腹立たしい女だった。だが、礼は尽くすタイプだったし、ロイタース・ユウの醜聞も一切ださなかった。その意味に気がついたところで、時間はもどせない。

世界は終わりだ。ゲームはリセットされる。

――――ワールドエンド・リセットゲームだ。

でも、あんまりいい歌じゃないよな、アレって。

厨二《ちゅうに》色強いしさ。そう、彼女は本音を転がす。
そこで、ロイタース・ユウの思考は途切れた。
人生最後の瞬間は、本当にどうでもいいことで幕を閉じた。

第八幕　バズ

「んじゃね。バイバイ。サヨナラ。また明日《あした》」

　対岸にて、たまちゃんは扉を蹴り開けた。ズルズルと、彼女は死体を引きずっていく。シスター・アリアの外れかけの頭部は、不安定に揺れた。ゴッゴッと床にぶつかって、ソレは跳ねながら運ばれていく。ロイタース・ユウのほうは、コンクリートに顔面を削られ続けた。重い遺体を運びながら、たまちゃんは歌うように紡ぐ。

「手間だね。面倒だし。でもね。なんかにね。使えるかもしれないよ。血とか肉とか。あるとね。いいよね、ンフフ。いざってなれば、水筒に弁当だし」

　そのまま、彼女は次の部屋へと移動した。

　真っ赤な惨劇痕を残して、扉は閉じられる。バタンと、無慈悲な音が響いた。重い沈黙が広がる。ゴッと、アエルは床を殴った。低く、彼女は吐き捨てる。

「……イカレてんだろ、あのサイコ野郎がよぉ」

　誰にも、ソレを否定することはできなかった。

　独自の法則を語る際の、演説じみた様子からも明らかだ。たまちゃんの思想は、常人とはかけ離れている。どちらかと言えば【時計兎《うさぎ》】などの運営側に近そうだ。彼女は倫理という枷《かせ》から逃れた、殺人を悦《よろこ》ぶ怪物だった。これで羊の群れの中の狼《おおかみ》は明らかにされた。

運よく、七音《なな ね》たちはその牙から逃れられた。だが、これからいったいどうすればいいのか。

七音にはまったくわからなかった。


（ロイタース・ユウさんは殺された……シスター・アリアさんも）


【二人目の歌姫候補が死亡した】

【三人目の歌姫候補が死亡した】


事実を直視した途端、七音は酸っぱい胃液がこみあげてくるのを覚えた。だが、無理やり飲みくだす。歯を噛《か》みしめて、彼女は唇をぬぐった。それでも、涙は溢《あふ》れる。ポロポロと七音は大粒の雫《しずく》を落とした。瞬間、パシッと、彼女は両頬《ほお》を温かなてのひらで包まれた。

「泣いては、ダメ」

「かん、なぎ……」

神薙《かんなぎ》は、七音の涙を押さえようとする。そうして穏やかな口調ながらも、力強く続けた。

「水分の貴重さが、今は違うから。悲しいのも辛《つら》いのもわかるけど、耐えて……私も、頑張る。このひどすぎる状況を、一緒に乗り越えましょう。ねっ？」

そう、神薙は訴えた。だが、青の目は深い悲しみに揺れている。ソレを見つめて、七音は大きくうなずいた。泣いて、わめいて、絶望するなど簡単だ。今はそれどころではない。

考えなくてはならなかった。考えて考えて、考え抜いて、答えをださなければならない。

自分のために皆のために。

大好きな、神薙《かんなぎ》のために。


「そうね……当面、一番の問題は……あなたなら、気づいているでしょう？」

「橋は失われてしまいました。この奈落は渡れなくなった……それですよね」

問いに、七音《ななね》は応えた。神薙はうなずく。ロイタース・ユウの死とともに、透明な刃《やいば》は消滅した。残されたメンバーで、奈落を越えられる可能性を持つ者は、岬《みさき》まほろだけだ。

だが、彼女は行こうとはしなかった。じっと対岸を見つめながら、淡い少女は告げる。

「今、行ったところで、まほろは死ぬだけです。だって、あちらにはたまちゃんさんがいるんですよ？　あの人にも『岬まほろだけは渡れる』という事実がわかっているはずです……そして、まほろは弱いです。待ち伏せられたら、勝つ術《すべ》なんてありません」

彼女の言葉には一理あった。狼《おおかみ》に羊は敵《かな》わない。たまちゃんの能力は未《いま》だ不明だ。だが、揺るぎない殺意を所有する人間は、それだけでも強かった。独りで遭遇したが最後、岬まほろは食べられておしまいだ。だが、その訴えが気にいらないと、アエルは低く嗤《わら》った。

「能力なんざ、無関係だろうがよ。素手だって、人は殺せるんだ。羽があんだから、ワガママ言ってねぇで、テメェがブチ殺してきてくれよ。トドメまではいい。アタシが刺す」

「だ、だから、無茶《むちゃ》を言わないでください！　まほろは温厚で穏やかな、普通の女の子なんですよ！　乱暴で、炎上慣れまでしてる、異常なあなたとは違うんですから！」

「へーん、無名の三下以下が、この状況下でアタシに喧嘩《けんか》売ろうってか？　いい度胸だ。特別に、三倍の値段で買ってやるよ。炭にされるなら、腕と足のどっちが希望だ？」

犬歯を覗《のぞ》かせて、アエルは獰猛《どうもう》に威嚇した。岬まほろは、ぎゅっと白い手を握りしめる。だが、謝らない。二人の間に一触即発の空気が満ちた。慌てて、七音と神薙は止めに回る。

「や、やめてください！　今は争うべきじゃありません。私は嫌ですし、神薙もそうです」

「殺人鬼は生きている。そのうえ、私たちは孤立してるのよ！　無理でも落ち着きなさい」

炎のような憤怒を目に湛《たた》えて、アエルは七音を睨《にら》んだ。臆することなく、七音は視線を返す。争うつもりはない。だから、あえて盾はださなかった。それでも、覚悟とは裏腹に、両足は勝手に震えだす。その様子を見て、アエルは鼻を鳴らした。ダメかと、七音は思う。

「わーった。悪かったよ」

唐突に、アエルは頭をさげた、どういう心境の変化なのかと、七音はポカンとする。ズレた軍帽を、アエルは被《かぶ》り直した。深くため息を吐《つ》いて、彼女はしみじみと反省を示す。

「だってよぉ。弱い者イジメはよくねぇだろ。弱いほうが、強いほうを理性で止めてんのなら、尚更《なおさら》だ。しかも、退《ひ》かねぇ。勇気がある奴《やつ》を殴るのはな……信条に反するんだよ」

「……アエルさんって、実はいい人ですよね」

「アンタを震えさせちまってる時点で、ソレはねぇな……で、ようやく冷静になれた、が」

スッと、アエルは紅《あか》い目を細めた。静かに、彼女は眼前に広がる奈落を眺める。奥底から、生温《なまぬる》い風が吹きあがってきた。この虚《うつ》ろな空間を渡る術《すべ》は最早《もはや》ない。

「…………いったい、どうしたもんなのかねえ」

笑っているようで、声は渇き、罅《ひび》割れていた。

その問いに、応えられる少女はいなかった。

＊＊＊

お腹《なか》が空いた。喉が渇いた。眩暈《めまい》がする。気持ちが悪い。胃の奥がザワザワする。色々な不快感を、七音《ななね》は飲みくだした。あれから、何時間が経過したのだろうか。

気を取り直して、七音たちは色々と動いた。廊下をもどり、来た扉を調べた。やはり、前室は施錠されている。廊下の壁や天井も、隅々まで探った。だが、罅も隙間も見つからない。アエルの炎を使って、奈落の底も照らしてみた。しかし、鉄製の杭《くい》の先端が、ずらりと輝いているのが見えた時点で止《や》めた。直視を続けては頭がおかしくなりそうな光景だ。

結局、できることなどなにもない。

せめて、岬《みさき》まほろだけは飛んでいくべきた。七音は、そう勧めようとした。だが、直後に、岬まほろは空腹による貧血で倒れた。『どこまでかわいそうな子だよ』と評しながら、アエルも横になっている。目を閉じたまま、神薙《かんなぎ》も動かない。今はエネルギーの消耗を、極力抑える必要があるからだ。だが、そうして考えていたところで、答えは見つからない。

また問題はもう一つあった。

猛烈に、トイレに行きたい。

こちらの解決については簡単だった。奈落に下半身を突きだして、済ませればいい。だが、最終審査でも、経過を観察している者たちが間違いなく存在した。

同接者が。

ならば、『彼ら』の前で無様は晒《さら》したくない。少女の恥じらいであり、乙女の意地である。だが、このままでは膀胱《ぼうこう》が破裂しそうだ。その前に、漏らせばより悲惨なことになるだろう。もう、どうしようもないのか。諦念と共に、七音がまぶたを開いた瞬間だった。

無機的なコンクリートが、消失した。

子供部屋の、クロス天井材が見えた。

「……えっ、あれ？　どういうこと？」

ガバリと、七音《ななね》はベッドから起きがった。素早く、辺りを見回す。花柄の古い壁紙に、クリーム色のカーテン。勉強机には、開いたままのノートパソコン。部屋の片隅には、ペン山《やま》ペン次郎《じろう》と、ウパ里《ざと》ウパ子がくたりと転がっている。まぎれもなく、自分の部屋だ。帰還している。

だが、なぜ?

疑問に思った瞬間だった。ヴンッと、液晶画面が明るくなった。パソコンの電源が入る。思わず、七音は身体《からだ》を強張《こわば》らせた。その前で、ディスプレイへ勝手に文字が刻まれていく。

【時計兎《うさぎ》】〈御話《おはな》ししていた、インターバルでございます。

――――またの名を、長めのトイレ休憩と申します。

遠足のようなノリだが、ありがたい宣言なのだった。

＊＊＊

【時計兎】〈インターバルの設置については賛否がございました。しかし、未来の歌姫の純真を辱めるべきではない、との意見が勝った次第です。それに、我々はうら若き乙女の排泄《はいせつ》に興奮する変態ではございませんので……ただし、逃亡と他者との接触は禁止で……。

全部を読みきる前に、七音は駆けだした。廊下に飛びでて全力疾走。ロケット砲のごとき勢いで、トイレへ飛びこむ。幸い、誰にも会わなかった。無事にコトを済ませ、七音は部屋へもどった。画面には、スクリーンセーバーのごとく、新たな文字が表示されている。

【時計兎】〈お帰りなさいませ。休息は二時間です。せっかくのインターバル。審査会場ではわからない、足掻《あが》きぶりを見せてくださいませ。飢えや渇きについては、癒《いや》したところでフィードバックはされません。無駄です。しかし、『評価点に関する行動』は、能力値に反映されます。皆々様方、諦めず、絶望に溺れず、最善を尽くされますことを。

【時計兎】〈美しくも悲壮な覚悟をお見せください。

プツッと文字は消えた。あとには、いつもどおりの暗い画面が表示される。

立ちあがり、七音はノートパソコンの前に座った。ポインタを動かす。神薙《かんなぎ》のサムネイルを独自に加工した、気に入りの壁紙が表示された。そのうえには、馴染《なじ》みのアイコンが散っている。迷いながらも、七音はとりあえずネットに繋《つな》いだ。ＳＮＳに入った途端、目を見開く。大規模な騒動が巻き起こっていた。音楽好きの面々がキレにキレまくっている。

目から罵声が飛びこんでくるような勢いで、人々は荒れていた。

なにかと思えば、アエルが大炎上している。

『バカ信者君たちに、改めて教えとくぜ。Ariel ってのはな、実力で歌姫になったわけじゃない、ピエロな偽姫だ。サーカスの操り人形だよ。ソレより、アタシの歌を聴いてけ』

書きこみには、MVも添えられていた。再生すると、熱い和ロックが流れる。

『月下散歌』だ。投稿された動画を、自動再生する設定にしている者も多い。そのせいもあってか、すでにかなりの数が表示されている。しかし、急にどうしたのだろうか？

そこで七音《ななね》は気がついた。ブーストに必要な『知名度』に質の判定は設けられていない。配信者としての地位を爆散覚悟で、アエルは己の拡散を計っていた。だが、ソレは信者もアンチも多く Ariel の死後も反感を買い続けてきた、アエルだからこそできる瞬発技だ。よくも悪くも、彼女が自身を貫いてきた結果だった。

（それ、なら……私にはなにができるの？）

悩みながらも、七音はアエルの書きこみをクリックした。そして、気がつく。罵倒や反発の返信の間に、おかしな内容のものが複数混ざっていた。同じナイフの写真を背景にした、『歌ってみた』動画が、いくつもぶら下げられている。それは曲を変えて続けられた。

あまりの異様さに、アエルではなく、そちらのみへ反応を示す者まで現れはじめている。

動画の投稿者の名前を確かめて、七音は謎の答えを理解した。

【岬《みさき》まほろ@新人歌い手】

彼女は完全な無名配信者だ。短時間でブーストを得たいのならば、なにかに便乗する必要がある。だから、アエルの利用を選んだのだ。なんだかんだで、アエルは聡《さと》い。その意図を察して、ブロックはせずに放置をしてくれるだろう。だが――――。

（アエルに話しかけてはいない……いない、けど。歌姫候補同士の、意図をもった交流を禁じるルールに対して、ギリギリの線じゃ？　それに……）

なぜ、サムネイル画像がナイフなのだろう？

より、注目を集めるためだろうか。真意は謎だ。それでも、たずねるわけにはいかない。

次に、七音は神薙《かんなぎ》のアカウントへ跳んだ。だが、まだ動きは見られない。しばらく観察した後、七音は妖《あやかし》くるる、ロイタース・ユウ、シスター・アリア、たまちゃんを調べた。

全員、書きこみはない。事務所からの訃報もまだのようだ。その中で、たまちゃんだけは生存している。だが、元々、彼女のアカウントの稼働は数ヶ月に一度だ。数十万単位のユーザーが、更新を待っているというのに……そこで、七音はハッと気がついた。悪魔のような閃《ひらめ》きが、脳を突き刺す。じっと、彼女はたまちゃんのユーザー名を見つめた。

【bokuha_tamatyan】

もしかして、と思った。彼女の発言や性格を考えるのなら、可能性はある。

そして、七音が能力の向上を計り、ブーストを得たいのならばこれしか方法はなかった。

震える手で、彼女は自身のアカウントからログアウトする。ログイン画面にて、ユーザー名に【bokuha_tamatyan】を入れたうえで、推測したパスワードを打ちこんだ。

【kimiha_dare】

二段階認証は設定されていなかった。嘘《うそ》のように簡単に、ホーム画面が開く。
無言で、七音《ななね》はガッツポーズを決めた。続けて、本物のたまちゃんが削除できないよう、パスワードを変える。準備を整えると、一度ノートパソコンを閉じ、白紙を用意した。マジックで、『七音』と書く。なるべく視聴者の意識に引っかかるように、直線的で、歪《いびつ》な形を心がけた。スマホを使ってソレを映しながら、七音はアカペラで子守唄を紡いでいく。
三回目で、それなりのモノが撮れた。息を吸って、吐き、彼女はあることを実行に移す。

たまちゃんの過去投稿を全消しした。
そこに、先ほど作った動画を投げる。

反応はすぐに生じた。たまちゃんの投稿を楽しみにしている人間は多い。新規の動画に、複数が群がる。しばらくして、普段の動画との差異への言及がされた。続けて、過去の投稿が全消しされている事実が注目される。だが、日頃から、たまちゃんのアカウントは奇行の嵐だ。乗っ取りを疑う声はあがらない。爆発的に、七音の子守唄は拡散されていく。

上手《うま》くいった。だが、七音には懸念が一つあった。

（これで、私とたまちゃん。どちらに能力値の加算とブーストが認められるかは不明だ）

殺人鬼を鍛えてしまっては、本末転倒だろう。それでも、やれることはやった。引用には、今までにない歌のやわらかさや、声の綺麗《きれい》さを褒める感想も多い。だが、乗っ取りは犯罪だ。コレは正当な評価ではない。そう理解しつつも、七音は安堵《あんど》の息を吐いた。

たまちゃんには、ロイタース・ユウとシスター・アリアを殺されている。

今は殺人鬼を倒すために、その拡散力を借りるのが正解だ。

これでできることはない。しかし、ジッとしていられず、七音はふたたび動いた。神薙《かんなぎ》のアカウントを覗《のぞ》く。変化が起きていた。そこには生放送の配信ＵＲＬが投下されている。

『みんなへ。どうか、これだけは見てください』

そう、曖昧な一文が添えられている。リンクから、七音は跳んだ。

配信画面に、神薙の姿が映る。だが、いつもとすべてが違った。背景画像は、廃墟《はいきょ》のコンサートホールではなく、ただの白壁だ。神薙の姿はセーラー服で、目は黒い。眼鏡《めがね》までかけている。その輪郭は、美しく作られたものとは異なった。アバターではなく、実写だ。

本物の現実の、生きている、神薙だった。

息を深く吸って、吐き、彼女は語りだす。

「いきなり、驚きましたよね。ごめんなさい……実は、友達になりたい女の子がいて……その子が今、できることを頑張っているんです。だから、私も頑張ることにしました」

滑らかな声を聴きながら、七音《なね》は気絶しそうになっていた。リアルの推し、現る。心臓に悪い。だが、イメージは同じだ。どうやら、神薙《かんなぎ》のアバターは再現性が高かったらしい。

コレはコレでいいと、七音は全力で震えた。その前で、神薙は濡《ぬ》れたような黒目を閉じる。

数秒の沈黙後、彼女はまぶたを開いた。覚悟を決めたような口調で、神薙は重く語る。

「もしかして……うん。高確率で、私は配信ができなくなるかもしれません。理由は、言えない。言えません。でも、おかしいと思う人がいたのなら、どうか調べてください……痕跡は、きっと消しきれない。あんな理不尽は、放置されるべきではないと思うから」

数個、困惑と疑問のコメントが流れた。言葉は濁している。なにも打ちこまないまま、七音は息を呑《の》んだ。

神薙の行動は危険だった。だが、【少女サーカス】の『語るな』との規定に抵触したかもしれない。自覚はあるのだろう。しばらく、神薙は沈黙した。だが、なにも起きない。短くうなずき、彼女はギターを手にとった。そして、厳かに口を開く。

「今後、なにがあっても、歌だけはアーカイブに遺《のこ》していきます。私の、生きた証《あかし》として。それでは、聞いてください――『人間みたいな』」

どういう流れ　えっ、どんな状況？　ちゃんと話して。

そんなコメントが入った。誰かがSNSで異常を訴えたのか、視聴者が増える。

だが、野次馬《やじうま》の疑問には応えることなく、神薙は堂々と歌を紡いだ。

『だから君には応えて欲しい　透明なこの空の下　灰色の僕らの　見失ったホントの形』
ギターの音が止《や》む。緩やかに、神薙は手を降ろした。
完全な静寂の中へと、七音の宝物である声が流れる。

『人間みたいな　ヒトにもなれない　人間みたいな』

ななねこ〈神薙、大好き

気がつけば、七音はそう打ちこんでいた。『交流禁止』のルールに抵触するだろうか。わからない。だが、勝手に、両手は動いていた。七音の頬《ほお》を、幾筋もの雫《しずく》が伝い落ちる。
最後に、聞けてよかった。歌う姿を見れて、幸せだ。そう、七音は泣いた。
コメントを確かめ、神薙は顔をあげた。その反応もまた、いつもとは違う。

晴れやかに笑って、彼女は応えた。

「私も、ずっと大好きでした！」

＊＊＊

たまちゃんアカウント発の、七音《なね》の子守唄は謎と評判を呼んだ。

ソレは人の好奇心を刺激し、様々な憶測を与えられた。

たまちゃん引退説に、生まれ変わり説。新企画のはじまり説に、ゲームのプロモではともささやかれた。複数のインフルエンサーも反応した結果、該当の書きこみは70万を超える閲覧数と、3・5万のお気に入りを得た。二時間では到達の厳しい、驚異的な数字である。

加えて、動画共有プラットフォームに衝撃性を煽《あお》る憶測記事も作られはじめたため、最終的には十万台に届くか、もっと伸びるものと予測がされた。

そうして、七音はもどされた。

【少女サーカス】最終審査場へ。

幕間劇《まくあい》　【時計兎《うさぎ》】

許すべきか、許さざるべきか。認めるべきか、認めざるべきか。
かなり、意見が割れましたとも。ですが、全員が一致しました。

あまりにも、あまりにも、面白い。

この業界において、『エンターテイメントであること』の価値はすべてを覆します。時に黒は白となり、白も黒となる。故に、一部はアウトライン上でしたが、見逃すこととしました。これも、我々からの期待の表れでございます。いやあ、実に実に楽しみだ！

此度《こたび》は、いかなる歌姫が誕生するのでしょうね？
あるいは……いえ、この先を語りはしますまい。

いずれ、知ることとなりましょう。

以下・業務連絡。
能力の変更告知。

『子守り唄・無題』――知名度0、新規性70、攻撃力10、防御力65。
↓『子守り唄・無題』――知名度94（一過性。ただし、三日間は継続と拡大を伴うと推測されるため、ブーストは三回使用可能とする）、新規性0、攻撃力35、防御力98。×9・4で広範囲の守備が可能（本来、数値の向上については、たまちゃんとの分割の予定だったものの、状況を鑑みて、再配布済み）持続時間・根性次第↓変化なし。

以上です。

皆様は、まだご存じないのかもしれません。
ですが、そろそろ閉幕は近づいております。

美しくも、悲壮な覚悟をお見せください。

第九幕　食卓

目を覚ませばコンクリート製の天井があった。
時間が経過し、インターバルは終了したのだ。

思わず、七音《ななね》たちは顔を見あわせた。互いの行動は、ある程度把握ができているだろう。それらについて、七音には聞きたいことや問いたいことが複数あった。だが、飢えと渇きで頭の回転を阻害される。言葉を上手《うま》く並べようとして、七音は諦めた。今は話をしている場合ではない。早々に食糧を探す必要があった。ためらうことなく、七音は一回目のブーストを使用した。ロイタース・ユウと同じ要領で盾を巨大化させ、橋として展開する。

「……ありがとう」

そうつぶやいたのは、神薙《かんなぎ》のみだった。他の少女たちは、無言で移動していく。
不意に、七音は微《かす》かな違和感を覚えた。沈黙の理由は、疲弊しているからだけではない。アエルに、岬《みさき》まほろ、神薙ですら『ナニカ』について考えこんでいるのだ。まるで、七音だけが状況の変化に取り残されているかのようだった。そう、彼女は困惑する。だが、視線があうと、神薙は微笑《ほほえ》んでくれた、彼女へと短くうなずきを返し、七音は次の扉を開く。

ギイイッと、音が鳴った。白い光が溢《あふ》れでる。

目の前の光景に、少女たちは言葉をなくした。

「…………嘘《うそ》だろ。いいのかよ、コレ」

しばらくして、呆然《ぼうぜん》と、アエルがつぶやいた。その声に、負の感情はふくまれていない。

ただ、ただ、驚愕《きょうがく》と喜びのみで満たされている。七音《ななね》のほうも、まるで同じ気持ちだった。

ヴィンテージの、ガラス羽シャンデリアに照らされて、長い食卓が伸びている。

純白のテーブルクロスのうえには、芳香を放つ、豪華な料理が並べられていた。

＊＊＊

黒に近い紫と明るい翠《みどり》。大粒の真珠のごときソレらが交互に並べられた、葡萄《ぶどう》のマリネ。上品に切られ、赤ワインのソースをかけられたローストビーフ。香辛料をキツめに振られた、中華風のアヒルの丸焼き。生クリーム入りのアンチョビソースを使用した、バーニャカウダ。濁りなく澄んだ、黄金色のコンソメスープ。四角く整えられた巨大バニラアイス。

他にも様々なご馳走《ちそう》が、所狭しと並べられている。

食べ物だけではない。氷入りの水を筆頭に、濃厚な木苺《きいちご》のジュース。新鮮なオレンジ果汁に、レモンソーダ。紅茶に珈琲《コーヒー》、中国茶から牛乳まで、多彩な飲み物が用意されていた。ただし、全員のアバターの設定が未成年なためか、アルコールをふくむ品は除かれている。

周囲に、たまちゃんの姿はなかった。

全員で、テーブルクロスの下も確認する。隠れている者はいなかった。視界内に、殺人鬼の姿はない。ひと先《ま》ずの安全を確保し、七音たちはゴキュッと唾を飲みこんだ。美味《おい》しそうな匂いは、最早《もはや》拷問に等しい。だが、毒が仕込まれている可能性も高かった。

むしろ、ソレしか、運営による、『代償なし』での提供理由など考えられない。

食べてはいけない。コレは罠《わな》だ。そう必死に、七音は耐えようとする。だが、唐突に、アエルがローストビーフを摘《つま》みあげた。大口を開けて、彼女はソレを中へと放りこむ。

思わず、七音はぴょんっと跳んだ。涎《よだれ》をぬぐいつつ、アエルに忠告する。

「あ、アエルさん！　ペッて！　ペッてしたほうが、いいです！　早く！」

「んぐんぐ……大丈夫だと思うぞ。普通に美味《うま》いし、舌にも痺《しび》れはない。ソレにだ。見ろ」

料理の一部を、アエルは指差した。ブラックペッパーを散らされた、スモークサーモンの薔薇《ばら》。立体パズルのごとく組まれた、ブルーチーズの盛りあわせ。他にもいくつかが、目に見えて崩されている。たまちゃんが、食べていったようだ。歯型のついたフランスパンと、中が濡《ぬ》れている、空のグラスも見つかった。己の指を舐《な》めながら、アエルは続ける。

「こんだけ飲み食いしてんのに、奴《やつ》の死骸《しがい》は転がってねぇ。つまり、全部が毒って線はない。それでも心配だってんなら、アタシがひと通り毒味してやるよ。ココで耐えたところで、先に補給所がある保証なんてねぇ。衰弱死って無様だけは避けたほうがいいと思うぜ」

キッパリと、アエルは言いきった。その目の中に迷いはない。レモンソーダを、彼女は勢いよく呷《あお》った。次に、レバーパテへ手を伸ばす。本気で毒味役を果たすつもりのようだ。

ならばと、七音《ななね》も金のスプーンを掴《つか》んだ。薬品は塗られていないことを確認後、グレープフルーツのゼリーを掬《すく》う。乾いた口内に、爽やかな冷たさが滑りこんだ。噛《か》みしめると、甘酸っぱさが弾《はじ》ける。粒がプチプチと潰《つぶ》れる感触も楽しかった。夢のように美味《おい》しい。

食べはじめると、止まらなくなった。続けて、七音はステーキの鉄板を引き寄せる。

「おいおい、そこまで腹空いてたんかよ。でも、アタシが食うの待てって。危ねぇから」

呆《あき》れたように、アエルは笑った。ショートケーキの苺《いちご》を噛み潰して、彼女は続ける。

「もしも一品ずつに練りこむのではなく、ランダムな散布が行われていれば、毒味に意味はありません……それになによりも、アエルさんだけを危険な目に遭わせるのはイヤです」

「あのな、アンタ、ここまで来てまだっ！」

食卓をアエルは殴った。皿は跳ね、グラスが揺れる。七音はビクッとした。紅《あか》い目にアエルは深い苦悩を浮かべる。言葉に迷ったのか、彼女は唇を噛んだ。だが、首を横に振る。

「別に、どうだっていいさ。勝手にしな」

「はい！」

「ただ、美味《うま》いのあったら教えろよ？」

「はい！」

二人の様子を眺めて、神薙《かんなぎ》も近づいてきた。改めて、アエルと七音と神薙は食卓に着く。次々と、彼女たちは腹を満たし、水分を補給した。やがて耐えきれなくなったらしい。岬《みさき》まほろも加わった。恐る恐る、彼女は他の面々が食べた料理の残りだけを口に運んでいく。幸いなことに、誰にもなにも起きない。

(コレで、皆休まるだろうし、よかった)

ジュースを飲むべく、七音は手を伸ばす、そこで、妙な存在に気がついた。瓶やグラスの中で黄金のゴブレットだけが、異質な存在感を放っている。その堂々たる輝きは、まるで飲み物たちの王だ。惹《ひ》かれるように、七音は両手を伸ばした。ゴブレットを掴みあげる。重い。純金製なのだろうか。中ではねっとりとした、黒ずんだ紅色が揺れている。

(コレはなんの飲み物だろう?)

そっと、七音は唇を近づけた。

鉄臭く、生臭い匂いがした。

「ソレは……待って、ダメ!」

バシッと、七音は手を叩《たた》かれた。神薙が動いたのだ。衝撃で、七音はゴブレットを取り落とす。陶器製の大皿と、ガラス製の小皿の間に、黄金色は倒れた。ゴトンッと音が響く。純白のテーブルクロスのうえに、真っ赤な液体がどろりと広がった。

（そうか、コレは）

明らかに血液だ。

零《こぼ》れる勢いによって、ゴブレットの中身も押しだされた。軟体動物のごとく、生肉のやわらかな切れ端がずるりと滑りでる。どうやら、頰肉《ほほにく》の一部らしい。それに角膜の濁った眼球が、ゴロリと寄り添った。溜《た》まった液体の中には、視神経も長く浮いている。いっそコミカルで、シュールな光景が広がった。過剰なジョークか、悪夢めいてもいる。微塵《みじん》も、七音《ななね》の理解は追いつかなかった。なにより、コレが誰のモノなのかわからない。

「……えっ、あっ……じゃ、もしかして、コレ、も？」

岬《みさき》まほろは、混乱した声をあげた。震えながらも、彼女は腕を伸ばす。その先には、金のクローシュで塞がれ、大輪の花々で彩られた大皿があった。今までは、食卓の装飾の一部だと思っていた。だが、ゴブレットを見れば、そうでない可能性が高い。ダメ。やめろ。よして。声が重なった。しかし、ナニカに取り憑《つ》かれたかのように、岬まほろは持ち手を掴《つか》む。敵を睨《にら》むような目をしながら、彼女はクローシュを一気に開けた。

濃厚な、血の匂いがした。

堰《せ》き止められていた紅が、濃厚なソースのごとく。大皿の上へ広がっていく。華やかな花々の間にも、鮮やかな色が満ちた。その中心にあるモノへと、七音たちは視線を向ける。ソレには、醜い欠損が見られた。やわらかな頬《ほお》から、眼球にかけてを、大きく抉《えぐ》りとられている。だが、『残された部分』には、かつての『美しい面影』もあった。

だからこそ、余計に残酷だった。

青褪《あおざ》めた唇は閉じられている。無事なほうのまぶたも塞がれていた。置いた人物が、処置を施したのだろう。だから、ソレはある種の歪《いびつ》な完成品に見えた。肉食反対などをテーマに据えて造られた、アンチテーゼの現代芸術のようでもある。だが所詮、ソレは死体だ。

ロイタース・ユウの頭部だった。

床に転がって、七音は嘔吐《おうと》した。

強靭《きょうじん》な意思を発揮し、他の少女たちは吐きもどさなかった。

七音には、ソレはひどく恐ろしいことのように感じられた。

＊＊＊

いくつかの皿を動かした結果、ある事実が判明した。料理たちで隠れて見えなかったが、純白のテーブルクロスには文章が記されていたのだ。黒のゴシック体でソレは教えてくる。

『第四の部屋・空の食卓』

『レストランとしても機能。お代には肉と水に該当するものを適量』

どうやら当初、食卓に飲み物や食べ物は置いていなかったらしい。代わりに、この指示とゴブレットと大皿。首を切断する道具などがあったようだ。ソレを使い、たまちゃんは該当条件をクリアした。そして、彼女は空の二つを『肉と水に該当するもの』で満たした。毒が入っていなかったのも当然だ。運営による、『代償なし』での提供などなかったのだから。ロイタース・ユウの血肉は払われた。結果が、あの大量のご馳走《ちそう》の出現だったのだ。

「……っ……あっ、う……ぐ、あっ、ごほっ」

「落ち着きなさい、七音《なね》……なるべく、ゆっくり息をして」

七音の吐き気は収まらなかった。その背中を、神薙《かんなぎ》が優しく撫《な》でてくれる。

直接、人肉を食べたわけではなかった。だが、ロイタース・ユウのことを思えば、涙が止まらない。改めて、その死の残酷さを突きつけられた。なぜ、こんなひどいことができるのだろう。わからない。だが、たまちゃんの倫理観に照らしあわせれば、『ひどいこと』ではないのかもしれなかった。恐らく、彼女は『残酷』とすら言わないだろう。ぼんやりと、七音はたまちゃんの言葉を反芻《はんすう》する。遺体を引きずりながら、彼女は語っていたのだ。

『いざってなれば、水筒と弁当だし』

必要であれば、彼女は死肉を食らい、血を啜《すす》ったはずだ。

その事実にも思い至り、七音は震えた。咳《せき》が悪化するが、懸命に抑える。これから彼女たちは、あの殺人鬼を相手にしなければならないのだ。パニックに陥っている余裕はない。

だが、同時に、たまちゃんの白衣を脱ぐ姿が思い浮かんだ。ニッと笑って、彼女はArielの臓器を運んでくれた。破綻した人物ではあるが、気紛《きまぐ》れな優しさも持っているのだ。

なのに、なぜ、どうして。

「理解できないものはいる」

歌うように、神薙は告げた。それだけ、七音の思考の変化はわかりやすかったのだろう。アバターには、ハンカチの設定はされていない。だから、神薙は指で七音の涙をぬぐった。

「それすらもわかろうとするのは……優しさでもあるけれど、傲慢よ。今はただ、殺されないように、生き残ることだけを考えましょう？」

「……う、うん！」

「あなたは、私が守るから」

真剣に、神薙《かんなぎ》は続けた。思わず、七音《ななね》は言葉を失う。

神薙はとても優しい。だが、どうしてだろう。その理由がわからない。七音を見つめる青の眼差《まなざ》しに、眼鏡《めがね》越しの本来の黒色が重なった気がした。七音は、ぼんやりとたずねる。

「……なんで、そんなことを言ってくれるんですか？」

「……あなたは自分が本当に寂しくて悲しいとき、誰かに励まされたことがある？」

「はい、神薙の歌に！」

迷うことなく、七音は応えた。両親に殴られたとき夢を否定されたとき、神薙の歌だけが心の支えだった。それを聞いて、神薙は目を細める。噛《か》みしめるように、彼女は応えた。

「私も似た経験がある……それだけよ」

続きを、神薙は語らなかった。まっすぐに、彼女は手を差し伸ばす。白いてのひらを、七音は握った。そうして立ちあがる。意外にも、アエルと岬《みさき》まほろは待っていてくれた。大丈夫かと問いたげな視線に、七音はうなずく。二人と共に、七音と神薙は歩きだした。

次の部屋への扉の前には、天秤《てんびん》が置かれていた。

壁に、絵で説明がされている。どうやら、皿のうえに球体を乗せ、腕を水平に保てとのことだ。慌てて、七音は後ろを振り向いた。記憶を探る。だが、食卓に、球体の果実などなかったはずだ。だが、悩むだけ無駄だった。今回は、仕掛けに挑む必要はなかったのだ。

すでに、ほぼ、天秤は釣りあっている。
片方には美しい顔が乗せられていた。

一瞬、七音にはソレが誰かわからなかった。なぜならば、以前と印象が大きく変わっていたからだ。生前、彼女は修道女の黒きヴェールを被《かぶ》っていた。今は長い髪が露《あら》わにされている。だが、特徴的な糸目は、シスター・アリアのモノだ。床上には、その頭部を切断したらしき、薪割《まきわ》り用の斧《おの》が落ちていた。そして、天秤のもう片方の皿には――――。

「なん、で？」

たまちゃんの頭部が乗せられていた。

【四人目の歌姫候補が死亡した】

幕間《まくあい》劇　たまちゃん

たまちゃんは悪者、たまちゃんは異常者、

たまちゃんは悪者、たまちゃんは異常者、たまちゃんは悪者たまちゃんは異常者、たまちゃんは悪者、たまちゃんは異常者、たまちゃんは悪者、たまちゃんは異常者、たまちゃんは悪者、たまちゃんは異常者、たまちゃんは悪者。

それでいいよ、ブイブイ。

歌姫になれたなら、東京の国立のでっかいコンサートホールを大爆発したかったです。

でも、コレで僕の負け。

君の勝ち。君はダレ?

はー、君か。なるほどなー。

仕方ないね。そういうもの。

たまちゃんの提供で、お送りしました! また来世!

第十幕　犯人

たまちゃんが殺された。

目の前の光景から、その事実は断言せざるをえなかった。

首だけを切り離されて、生きている人間など存在しない。


たまちゃんの頭部はなんだか異様に美しかった。アルカイックスマイルを浮かべながら、彼女は半開きの目で遠くを見つめている。なにかをやり遂げたかのような、あるいは納得したかのような表情だ。だが、ソレを見下ろしながら、アエルは冷たく問いかけた。

「……床のうえでよ。コレでサッカーしていいか？　ちゃんともどすからさ」

「……気持ちは理解するわ。あなた、シスター・アリアと仲がよかったから。でも、輪郭が変形したら『球体』と受けとられなくなる可能性がある。やらないでもらえるかしら」

「仲よくはまるでねえよ、ブッ殺すぞ」

吐き捨てるように、アエルはつぶやいた。それから、腰を曲げる。シスター・アリアの頭部に、彼女は鼻先を突きつけた。ギリギリまで顔を寄せて、アエルはボソリとつぶやく。

「……らしくもねえ姿になっちまいやがってよ。プライドはどうしたんだ、バカが」

しばらく、彼女はなにかを悩んだようだ。だが、軍帽を傾けると、踵《きびす》を返して歩きだした。そのまま立ち去るかと思えば、足を止める。アエルの視線の先に、七音《ななね》は目を向けた。

天秤《てんびん》の後ろ側には、バラバラにされた人体の残りと、血塗《ちまみ》れの服などが捨てられている。ガラクタのように積まれた様は——元から一塊の——そういう醜い怪物だったかのようだ。

「……ふんっ」

肩をすくめて、アエルは歩みを再開した。解錠の済んでいる扉を、彼女は勢いよく引き開ける。そして、外に出ていった。戸惑いの表情を浮かべながら、岬《みさき》まほろも後へと続く。

扉の閉まる音が響いた。

神薙《かんなぎ》は七音を振り向いた。二人は視線をあわせる。まず、神薙が口を開いた。

「……どう考えてもおかしい。そうよね？」

「はい、たまちゃんが殺されたとき、私たちは全員断崖の向こうにいたはずです……ただ」

七音は視線をさげた。軽く、彼女は唇を噛《か》み締める。これは考えるのも辛《つら》いことだ。だが、もう結論はでかけている。脳内で残りの要素を組み立てて、七音は推測を完成させた。

「対岸の扉は施錠されていませんでした……そして、インターバルでは各々が変化を得た。加えて、インターバルを希望離脱できたのかは試していません。もしかして先に帰還の上で犯行をなし遂げ、何事もなかったかのようにもどった人がいないとは限りません。でも」

「でも？　なに？」

「返り血の問題があります」

淡々と七音は続けた。たまちゃんを殺害、その頭部を切断する際には大量の血がでるはずだ。汚れずに済むとは思えない。綺麗《きれい》なまま首を切り落とすことなどできるのだろうか。

だが、七音の予想では、ソレは可能だった。

そして、その場合――犯人は絞られるのだ。


「……犯人と方法は」


七音は冷静に語る。神薙はうなずく。

そして、二人は次の部屋へと急いだ。

＊＊＊

『空の食卓』の部屋を出る。潜《くぐ》り抜けると同時に、扉は自動で閉まった。

カチリと音が鳴る。だが、違和感を覚えて、七音は振り返った。今回の扉には『アリスの家具屋』と繋《つな》がっていた一枚とは異なり、こちら側から開けられるようサムターン錠がついている。どうやらもどることは自由らしい。今までとの違いに、七音は首をかしげた。

「コレ、なんででしょう？」

「……あー、ソレか。さっき、まほろとも話題にしたけどな。多分その部屋にだけ、飯があるせいじゃねえかなって？　運営が補給部屋を何個も作るのを面倒がったんだろうさ」

「アエルさん!?」

　いきなり、間近で声が響いた。灰色の床を蹴って、七音《なね》はぴょんっと飛びあがる。

その反応を確かめ、アエルは目を細めた。肩を回しながら、彼女は辺りを見回す。

「あんまり遅ぇから流石《さすが》に心配になってよ……神薙《かんなぎ》はどうしたんだ？」

「神薙は、たまちゃんの死体について、調べたいことがあるって……」

「フーン、ここで探偵気取るのも、どうかとは思うんだがね。んじゃ、先に行くとすっか」

　並んで、二人は歩きだす。今までと同様に灰色の通路が長く続いた。空間は広めだ。しかし、四方は固く閉ざされている。退屈な光景の中、沈黙が落ちた。チラチラと、アエルは七音へ視線を送る。続けて苦悩するように顔を歪《ゆが》めた。なんだろうと七音は首を傾《かし》げる。

「どうかしたんですか、アエルさん？」

「……どうもしてねえっての。前見て歩けや。転んで、背骨折るぞ」

「はい、気をつけます！」

「素直なんだよなあ……」

　なぜか、アエルは深いため息を吐《つ》いた。ますます、七音は疑問を覚える。

　やがて、出口が見えてきた。だが、そこには、誰の姿もない。ただ左右に、灰色の壁がそびえ立つばかりだ。うん？　とアエルは瞬《まばた》きをした。不思議そうに、彼女はつぶやく。

「なん、でだ？　まほろの奴《やつ》がいねぇ。どこに消えたんだ？」

「えっと。先に、扉の向こう側へ行ったんじゃないですか？」

「それはねえよ……だってこの扉、鍵がかかってるんだぜ？」

「えっ……って、鍵!?」

アエルの言葉に、七音は息を呑《の》んだ。今まで来た通路を振り返る。だが、薄闇に沈んだ空間にはなんのギミックもない。次いで、七音は目の前の扉を見あげた。金属製で、ぶ厚そうだ。封じられている証《あかし》のごとく、鍵穴がついている。物理で破ることは不可能だろう。

ソレは最悪の事実を示していた。

ここまで来て、行き止まりとは。

ぐらりと、七音は眩暈《めまい》を覚える。だが、そこでおかしな点に気がついた。鍵穴がついている。つまり、この扉はギミックではなく、鍵で開くのだ。そして、鍵といえば――――、

「……アエルさん、まだ、持ってますよね？」

「……ああ。だが、そんな、まさかだよな？」

アエルは、唇の端を引《ひ》き攣《つ》らせた。飾りのサーベルと共に、吊《つ》るした鍵をとりだす。その表面は、乾いた血液と脂肪でべたべただ。側面には、相変わらず、文字が書かれていた。


【第一の部屋用】

七音たちは、コレをあの場にあった、『緊急脱出口』のための鍵だと解釈していた。

だが、もしかして、それは思いこみにすぎず、すべてが間違っていたのかもしれない。

ならば、前提は粉々になる。

ゆっくりと、アエルは目の前の扉に鍵を差しこんだ。そして、力強く回す。

カチリ、と無慈悲な音がした。

こちら側からはそうではないが、向こう側では壁に偽装されていたらしい扉が開く。

目の前には、第一の部屋が広がっていた。

七音《ななね》たちは、一周してもどってきたのだ。

＊＊＊

しばらく立ち尽くしたあと、七音は空気の匂いを嗅いだ。第一の部屋にはガスが送りこまれていた。だが、入り口から匂いはわからない。これだけ薄ければ、進んでも即座に危険な事態には陥らなさそうだ。それに立ち尽くしているわけにもいかない。もどってきてしまったという絶望を抱えながらも彼女は部屋へ入った。カチリと鍵がかかる。だが、確認してみると、こっそりとサムターン錠が設けられていた。これで『空の食卓』の部屋までは行き来が自由になった。頭部の腐敗に従い、天秤《てんびん》は動いてしまうだろう。だが、先の話だ。当面の食糧と水は確保できたといえる。飢え死にの心配はない。だが、それだけだ。

すべては振りだしにもどってしまった。

ふたたび、七音は鼻を動かした。やはり、ガスは消えている。あれから噴出が止まり、自然と拡散したのか。そもそも色がついた無害の気体にすぎなかったのか。どちらかは不明だ。今更、正解を知る術《すべ》もない。それに、過去の選択は変えられなかった。

加えて、室内にはもう一つ異変が生じていた。

「Arielの、死体が……なんでこんな、ひどい」

絶対的な歌姫の骸《むくろ》は、バラバラにされていた。

奪われた内臓の代わりのごとく、腕や足が円を描く形に再配置されている。断たれた各部には、申し訳なそうにドレスの切れ端がまとわりついていた。死してなお存在した、神秘性は霧散している。髪と花飾りに隠され、Arielの表情は見えない。だが、無惨な姿は、内臓を持ちだした事実を咎《とが》めるかのようだ。その愚行のせいで己は『こうなったのだ』と。

――一人の男が死んだのさ
――すごくだらしの無い男
――頭はごろんとベッドの下に
――手足はバラバラ部屋中に
――ちらかしっぱなしだしっぱなし

かつて耳にしたマザーグースを、七音《ななね》は思いだした。

そんなどうでもいい思考に、囚《とら》われていたせいだろう。気がつけば傍《そば》から熱を感じた。

隣に、彼女は視線を向ける。アエルが、てのひらの前に禍々《まがまが》しい業火《ごうか》を渦巻かせていた。

網膜が渇き、肌の産毛が焦げる。その中途半端な痛みを感じながら、七音はたずねた。

「……えっと？　なんで、ですか？」

「【時計兎《うさぎ》】の告げた、三つの絶対的項目――アンタ、覚えてるか？」

静かな声で、アエルは問う。自然と、七音は最初に皆で確認したルールを反芻《はんすう》した。


『【少女サーカス】最終審査・ルール説明』

把握が必須な、絶対的事項については三つのみ。

一・【少女サーカス】最終審査会場から、脱出しようと足掻《あが》くこと。

二・参加者は、この部屋にいる少女たちに限ります。

三・生き残った者こそ、次の歌姫だ。


ああと、七音は目を閉じる。

アエルも気づいていたのだ。


正確には、七音と同様に、途中から気づいてしまったのだろう。その最悪な、『解釈の余地』を。拳銃でも突きつけるかのごとく、炎を保ったまま、アエルは続ける。

「問題は、第一の項目だ。『【少女サーカス】最終審査会場から、脱出しようと足掻くこと』……『足掻くこと』なんだ。つまりさ、アタシらが勝手に思いこんでいただけで、勝利条件に、最終審査会場からの脱出なんてふくまれていないんだよ」

そうだ。『足掻くこと』——求められたのはそれだけだった。恐らく、脱出の成功など最初から想定されていない。脱出しようと足掻き、数を減らし、最終的に生き残ること。運営が想定していたのはそういうゲームだ。そして、三の項目で『生き残った者こそ、次の歌姫です』と明言されている以上、最後の一人になるまで、審査会場からは出られない。

玉座は、一つしかないのだから。

つまり、殺しあいが必要になる。


これは脱出ゲームなどではない。端《はな》からデスゲームだ。


「もっと早くに気づくべきだったな。アタシたちはさ、仲良しこよしで脱出ごっこなんてしてる場合じゃなかったんだよ。ゲームは癪《しゃく》だが戦わないで死ぬのもゴメンでね。悪いな」

「それなら、アエルさん」

「なんだよ」

「どうして、不意打ちで私を焼かなかったんですか?」

優しく、七音《ななね》は当然の疑問をたずねる。

瞬間、アエルは崩れた。炎上の名手たる、気丈な顔が剥《は》がれ落ちる。泣きだしそうに、彼女は目を細めた。そのてのひらでエネルギーを圧縮された炎が揺れる。インターバル中に、アエルも能力数値が増加したはずだ。悲鳴をあげる間も与えずに、彼女には七音を骨まで消し炭にすることが可能だった。しかも、アエルはブーストも温存している。現在、正攻法で彼女に勝てる少女は残っていなかった。それなのに迷いながら、アエルは続ける。

「アタシの能力は炎だ。ただ、焼くだけさ。しかも、頭もよくねえとくる。『脱出ごっこ』

の間、一番役立たずだったのは、このアタシだよ。最高貢献者はアンタさ。間違いないね」

「……そんなこと、ないですよ」

「ハッ、自分を客観視すりゃ、明らかだろうがよ。ソレなのに、アタシっていう負け犬風情が美味《うま》い肉だけしめしめと喰《く》うのか？　恩を仇《あだ》で返すのか？　誰にだってわかる。それはな、やっちゃいけねえんだ。それを最後に、アタシは屍《しかばね》以下になるぜ。死んだ方がマシなほどの無様な愚行ってモンが、この世にはあんだよ……ただ、」

ぎゅっとアエルは目を閉じた。それからバラバラの遺体に視線を走らせる。紅《あか》い目から、透明な涙が流れ落ちた。悲痛に泣きながら、アエルは訴える。

「Arielが死んだ！　シスター・アリアも殺された！　アタシの世界で、一番目と二番目に憎い奴《やつ》らが！　許せるか！　許せねえよ！　絶対に許さねえ！　アタシはな、そもそもArielの死の真相を探るためだけに、審査の申しこみをしたんだよ！」

「……アエルさん、まさかそこまで」

告げられた内容に、七音は息を呑《の》んだ。一見して、アエルは野心家のように思えた。Arielへの敵愾心《てきがいしん》から次の女王の座に着くべく、現れたかのようでもあった。だが、違ったのだ。ある意味において、彼女の行動のすべては、亡き歌姫へ一心に捧《ささ》げるものだった。

「実年齢が三十すぎても、アンチやるってのはこういうこった。自分でも手遅れにイカレてると思うが、止まりたくねぇ。知らないところでアイツらに死なれて、納得がいくか」

その吐露は粘着質で不気味ですらあった。だが、アエルの想《おも》いは、誰に否定されようが揺るぎはしないものだ。いいも悪いもない。そういうモノだ。目を細めて、七音《ななね》は考える。

どれだけ間違っていようとも。

最早《もはや》、ソレは愛ではないのか。

「だから、わかんねえんだよ！　アタシはアンタを殺したくない！　アンタのことは珍しく好きだし、新しい歌姫になるなら祝福だってしてやるさ！　……だけど、な。アタシは運営に噛《か》みつきたいんだ！　だったら、こんなトコロでは死ねない……でも、アタシ、は」

子供のように、アエルは顔面をぐしゃぐしゃに歪《ゆが》めた。七音のまっすぐな視線に気づき、彼女は声もなくつぶやく。『殺したくない。殺されるわけにはいかないのに殺したくない』

困惑しきった口調で、アエルは宙に問いかけた。

「……なあ、どうしたらいいんだよ……シスター・アリア」

まったく、アナタったら、本当に、どうしようもない人ですわね。そう、上品に笑う声は返らない。シスター・アリアは死んだのだ。ゆっくりと、七音は息を吸って、吐いた。

ここまでは予定調和だ。だから、隠れていた彼女が動く。

『それなら、やめるべきね』

『それなら、死ぬべきだよ』

前者は、待っていた。

後者は、予想しない。

瞬間、ドシュッと濁った音がした。

「……………………………あっ？」

いつの間にか、アエルの前には岬《みさき》まほろが立っていた。軍服風のドレスの腹部に、彼女はナイフを突き立てている。あの、サムネイルに使用していた品だ。ソレを引き抜き、彼女はもう一度突き刺した。抜いて、貫き、抜いて、貫く。ドジュドジュドジュドジュと嫌な音が続いた。大量の血が溢《あふ》れる。そのうち音は、ぐしゅぐしゅと濡《ぬ》れたものに変わった。穴を開けられ続けたせいで限界を迎え、肌と肉は深く裂けた。一気に、中身が零《こぼ》れる。腸がどしゃりと塊で落ちた。その上へ、アエルは自身の内臓を潰《つぶ》す形で前のめりに倒れる。

ドシャッと最後の音が響いた。

【五人目の歌姫候補が死亡した】
オ、ー、バ、ー、キ、ル、だ。

「わっ……わっ、まほろったら、つい、やりすぎちゃいました！　なんて、ことでしょう。でも、すっごく……怖くて、夢中で。そ、それに、七音《ななね》ちゃんが無事でよかったです」

天使のような装いを血塗《ちまみ》れにして、岬《みさき》まほろは笑う。その表情は無邪気なものだ。なんの裏もなく思える。静かに七音は息を呑《の》んだ。紅《あか》く濡《ぬ》れた姿で、岬まほろは手を差しだす。

「大丈夫だよ、七音ちゃん。こんな最初から無礼で乱暴だった人、皆嫌いだったでしょ？　よく我慢してたよね。安心して。まほろはこの人とは違うから。皆が助かる方法を探そ？」

「……………………………………………殺したのに？」

「うーん、わかんないかなぁ。コレは七音ちゃんのために」

少し苛立《いらだ》たしそうに、岬まほろは頬《ほお》を震わせた。だが、その笑みは相変わらず可愛《かわい》い。真っ赤に汚れても、雰囲気は苺《いちご》マシュマロのようだ。そんな彼女に向けて、七音は告げる。

「妖くるるさんを真っ先に殺したのに？」

岬まほろは微笑《ほほえ》んだままだ。その表情のやわらかさは変わらない。

『あなたが犯人だ』――そう告げられても同じだ。岬まほろは語る。

「むしろさ、まほろはずっとおかしいと思ってたんだよね」

唯一の歌姫になりに来たのに、なんで皆殺しあわないの？

覚悟が足りないよー。そう、岬まほろは頬を膨らませる。彼女の目は澄んでいた。たまちゃんとは違い、どこまでも正気のままだ。自然と、七音は理解する。岬まほろは、ほぼ無名の身でありながら、最終審査までたどり着いてみせた。彼女が選ばれた、その理由を。

岬まほろこそが最も玉座を望んでいた。

それこそ、人をも進んで殺せるほどに。

たまちゃんが言っていた内容を、七音は思いだす。白雪姫を思わせる二人の少女。片方の本質を見抜いたうえで、殺人鬼は語っていたのだ。恐らく双方への賞賛と侮蔑をこめて。

『ナナンネはいい子だねえ。いい子、いい子』

『【あの子】とは違うねぇ。似てるけど。しみじみ』

薄々、七音も気づいてはいた。歌姫に最もふさわしいのは彼女だ。

岬《みさき》まほろだった。

「どうして、その程度の『想《おも》い』で、ここへ来たの？」

【時計兎《うさぎ》】の言葉を、七音《ななね》は思いだす。

さあ、此度《こたび》の舞台をはじめましょう。
次のスタァを、歌姫を決めましょう。
憧れは止まりません。どれほどに実態が醜悪であろうとも、それは美しいモノです。
皆様も、ご存じでしょう？
ならば、歓迎いたします。

改めて、ようこそ【少女サーカス】へ。
美しくも悲壮な覚悟を胸に、生き残れ。

幕間劇《まくあい》　アエル

負けん気が強く、歌が上手《うま》く、姉御肌。それこそが、アエルの人気の秘密だ。
喧嘩《けんか》っ早《ぱや》いが、下手な言い訳はしない。常に一本、筋が通っている。裏も表もない。誰にたずねたところで、返ってくる人物像は一緒。よく言えば正直者で、悪く言えばバカだ。
その自覚があるから、アエルはバカが好きだった。

そして、Ariel が大嫌いだった。

名前について、若いアホに噛《か》みつかれたので蹴り転がした。それからテメェの信者をナントカシロと突撃してブロックされた。そこまでは特別な感情などなかった。単にイライラしただけだ。腹が立ったので、世紀の歌姫とやらを色々聞いて見て調べた。唖然《あぜん》とした。

なんだコレは。そう思った。
コイツは空っぽじゃねえか。

アエルはバカだ。粗野で乱暴だった。しかし、獣じみた勘を誇ってもいた。
Ariel の歌は基本悪くない。実に上手く繕えている。普通ならば気づかないだろう。だが、その声はとっくの昔に、最盛期をすぎていた。壊れた楽器を、無理に動かしているようなモノだ。アエルは思った。Arielは女王ではない。偽姫だ。罅《ひび》割れを隠し、飾りつけるのは最高に上手《うま》い。だが、それだけだ。

こんなに痛々しくて哀れな存在は流行《はや》ってはならない。皆は、一体、この限界に近い伽藍《がらん》堂のどこを見ている。

――あるいは、それを、上手く語ることさえできたのなら。

――本人に伝えられれば変わることもあったかもしれない。

だが、アエルから出力されると、その内容は『飾りつけるしか能のないヘタクソ』になった。アエルは口の悪い、バカだった。結局、批判の真意と本質は微塵《みじん》も伝わらなかった。いつの間にか、その無能ささえも利用されていた気がする。ある意味、Ariel公認のアンチ代表として、アエルは広報に一役買ってしまった。そのため、アエルは自分に追従する有象無象を唾棄した。同時に、脊髄反射で反発し、Arielを讃《たた》える存在をより憎んだ。

ソレが、シスター・アリアだ。

一目見た瞬間に、アエルは気づいた。コイツは、自分の逆だ。信者用の広報に利用されている存在だった。しかも、シスター・アリアは望んでソレを受け入れていた。恐らく、Arielの危うさに気づき、遠くない崩壊を知りながら、次の席を狙って崇《あが》めている。狡猾《こうかつ》な卑怯《ひきょう》者だ。だが、アエルに翻訳されるとソレも単に『パクリシスター』となった。見事、二人は犬猿の仲と化した。会うたび喧嘩《けんか》をした。マウントをとろうとするシスター・アリアを蹴り返した。アエルは本気でシスター・アリアが嫌いだった。向こうもそうだろう。もしもシスター・アリアが先に死んだら、遺体に塩をぶち撒《ま》けてやる勢いだった。

だが、シスター・アリアは殺された。そんなのってないだろうがと思った。
アエルはシスター・アリアが嫌いだ。Arielのことなんて、もっと嫌いだ。

その二人ともが死んだ。『歌姫』なんて地位のせいで殺された。それの素晴らしさは、アエルにも意外とわかっている。崇められれば気分はいいし、慕われれば脳汁もでよう。だが、それだけだ。そんなことのために、憎悪の対象を奪われるのは我慢ならなかった。

大嫌いな二人を失って、おかげでアエルは空っぽだ。今やなにも残っていない。
それでも元凶である運営には噛《か》みつきたかった。あと、もしも願いが叶《かな》うなら。

シスター・アエルに言っておきたかった。

アンタの歌は、別に嫌いじゃねえよ、と。

実は、アエルは和ロックより、ゴシックのほうが好きだ。だが、自分には似合わなかった。でも、好きなものは好きなのだ。シスターモチーフだって悪くなかったと思っている。

もっと独自路線を貫けばよかったんだ。アンタってやつは。

だが、そう言えば、シスター・アリアは怒るだろう。模倣者には、模倣者の誇りがあるのだと。アレはアエルとは、また別種のバカだった。そんなところも別に嫌いじゃ……。

意識がフワフワする。なんで、自分はこんなどうでもいいことを考えだしたのだろう。

わからない。激痛の果ての逃避からはじまった思考は、最後にある後悔へと流れ着いた。

シスター・アリアの、切断された頭部。

アレに口づけでもしてやりゃよかった。

きっと、嫌がらせに、なった、だろうに。

アエルはバカなので『サロメ』は知らなかった。
だからソレは愛なのか、なんなのか、謎のまま。

どっちだって。
所詮は同じで。

今や無意味だ。

第十一幕　推論

――教えてくれる？　聞いてあげるから。
――なんで、まほろって気づいたのかな。

それは問いを装った、吐けとの脅迫だった。
故に、演説のごとく、七音《ななね》は語りはじめた。

＊＊＊

七音〈最初に覚えた違和感は、妖《あやかし》くるるさんの死骸《しがい》についてでした。【鉄の処女】内部に設置されていた針の形は、太い円錐《えんすい》型。一方で、妖くるるさんの眼球の抉《えぐ》られた断面は『横にまっすぐ』だった。更に、全身の傷口は窓のような形で、無数の剣に突き刺されたかのように見えました……つまり、『彼女に開いた穴は四角かった』……【鉄の処女】で受けたダメージが、リバウンドしたところでこうはなりません。

七音〈妖くるるさんの死は、能力の作動ミスに見せかけた、殺人です。

まほろ〈えーっ、七音ちゃんも、そんなにしっかり傷を見てたんだねぇ。信じらんない。なんで怖くないの？　まほろ以外、やっぱり、皆、どっかおかしいよね。うんうん。

七音〈……続けます。該当の能力を持っているのは、ロイタース・ユウさん……ですが、彼女が殺したとは、私には思えません。

まほろ〈それは印象による贔屓《ひいき》にして差別だと、まほろは思いまーす！

七〈……続けます。では、能力が不明な、たまちゃんか。いえ、彼女は自身のルールに則《のっと》った殺害時に、ロイタース・ユウの刃《やいば》を使いました。恐らく、たまちゃんの能力は攻撃系ではなかったものと推測されます。『知られると意味がないタイプ』であり、シスター・アリアの水球を打ち消したことからも、能力キャンセラーだったのではないかと。

まほろ〈二回目は直接、手で殺したくなっただけの変態だった可能性は？

七音〈反撃の可能性がある場で、そんな愚行は犯さないでしょう……そして、実は能力を行使していない歌姫候補はもう一人います。

七音《ななね》〈あなたです、岬《みさき》まほろさん。

まほろ〈ふーん……続けて？

七音〈続けます。あなたは私たちに『透明な機械羽』を触らせました。ですが、一度も使いませんでした。命の危機に晒《さら》された状況でもなお、断崖を飛んでいません。アエルさんの軽い茶化《ちゃか》しで誤魔化《ごまか》されてしまった面もありますが、これはかなりおかしい。

まほろ〈……それで？

七音〈続けます。更におかしいのはインターバルです。あなたは複数の『歌ってみた』を投稿していた。『透明な機械羽に関する一曲』ではない。ならば、あなたはナニに対してブーストをかけていたのか。ソレは『歌ってみた』全体だ。

七音〈つまり、あなたには曲にまつわる固有の能力がない。

まほろ〈……へーっ。

七音〈更に、たまちゃんの殺害を経てからの、先ほどのアエルへの奇襲で確信しました。私とアエルが扉を通過する際、あなたは確かにどこにもいなかった。それなのに、鍵を持つことなく、扉も開くことなく、急に室内へ現れた……神薙《かんなぎ》の能力、『人間みたいな』を模倣しましたね？　そのせいで、私たちはあなたを視認できなかったんだ。

まほろ〈……そこで、か。

七音〈あなたの能力とは、『オリジナルソングを持たないが故の模倣』――つまり、コピー能力。オリジナルより弱くとも、応用の効く力です。

七音〈まず、あなたはロイタース・ユウさんの能力で『機械羽に見える形』に刃《やいば》を組み、私たちに誤認させた……彼女の能力は想像によって、刃の形を変えられることは実験済みです。そして、妖《あやかし》くるるさんを殺した……きっと、彼女の『無敵防御』と積極的姿勢を、脅威に思ってのことでしょう。続けて、インターバルを早めに切りあげ、私の能力で断崖を渡り、神薙の能力でたまちゃんを奇襲、灰色の状態ならば『燃えたりはしないけど、痛みはある感じ』になるため、血を大量に浴びても、衝撃がある程度で色はつかない。そして、ふたたび神薙の能力で、アエルさんを奇襲した……どうですか？

まほろ〈………。

七音《ななね》〈そのナイフは、『歌ってみた』の全サムネイルにだすことで、岬《みさき》まほろに紐《ひも》づけられたアイテムとして、アバターに持つ権利を運営に認めさせた………違いますか？

まほろ〈よく考えたし、よくもまあ長々と話したね。まほろ、びっくりしちゃったよ。

七音〈……狙ってましたから。

まほろ〈うん？　なにを？

七音〈今です！　神薙《かんなぎ》！

まほろ〈あっ、それ！

「まほろも、狙ってたやつだから」

＊＊＊

岬まほろが振り向く。ナイフを握った指を、彼女は虚空へ動かした。『人間みたいな』を、神薙は使用している。その灰色に染まった頬《ほお》へ、ぐにゅりと刃先がめりこんだ。血はでない。だが、痛みはあるのだろう。目を細めて、神薙は後ろへ跳んだ。

ソレを見つめて、岬まほろは笑う。

「さっきさ、炎上ババアの側《そば》で、声がする前から気づいてたんだよ？　だってさ、『生存者全員が通過し終えるまで、扉は施錠されない』……今までの道で、ソレはわかってるよね？　それなのに、七音ちゃんと炎上ババアが通った途端、ココの壁には鍵がかかった。つまり、私だけでなく、神薙ちゃんもこっそりついて来たってわかったんだ」

ニコニコと、岬まほろは語る。流石《さすが》の洞察力だった。

『空の食卓』にて、七音は神薙に犯人の推論を話した。神薙のほうは『インターバルにおけるアエルの行動』は『火力を高めるため』であり、旧知のシスター・アリアが死んだ以上、凶行に走る恐れを危惧していた。そのため、片方は隠れて行動をすることにしたのだ。

やわらかな声で、岬まほろは神薙に問う。

「神薙ちゃんも、まほろみたいに、アイツを殺すつもりだったの？」

「そんなわけないでしょう……まずは落ち着かせるつもりだっただけ」

特に七音に対して、アエルは迷いを見せていた。そのため、正面からあたるのではなく、神薙が背後から捕獲し、改めて説得に努めるつもりでいたのだ。だが、岬まほろの行動により、アエルは死亡した。それなのに、岬《みさき》まほろは笑顔でうなずく。

「そうなんだ。じゃあ、得したね。まほろが殺してあげて……さっきの推論にもね。違うって言うか、あー都合よくまほろに押しつけてんなーってところがあったけどまあいいよ。まほろは偉いなぁ。人が目を背けていることばっかりやってあげるなんて。天使かな？」

「なにを言っているの？　あなたは、単に」

「ならさ、どうやってココから出るつもりなの？」

高い声で、岬まほろは囀《さえず》った。ぐっと、神薙《かんなぎ》は息を呑《の》む。七音《ななね》も同じだった。そう、とりあえずアエルを宥《なだ》めるという方向性は決定していた。だが、実はその先の解答が得られていない。『緊急脱出口』は存在する。しかし、正規の鍵など、どこにもなかった。

ならば、ココから、七音たちを現実世界へもどせるのは運営だけだ。

そして、助かるのは一人きり。

歌姫になれるのも、一人だけ。

「ソレに、だよ？　今、まほろを嫌って、悪者にして、倒した後のことって考えてる？」

いっそ優しく、岬まほろは問いかけた。大事なことを教えるように、彼女は姿勢を整える。その様は血塗《ちまみ》れだが地獄に降り立った天使のようだ。宣託のごとく岬まほろは告げる。

「二人は、殺しあえるの？」

そうだった。玉座に着けるのは一人だけ。最終審査会場という蠱毒《こどく》から出られる少女は一名のみだ。生き残った者が女王となる。それ以外は贄《にえ》だ。そういう残酷な決まりが存在した。大きく七音は息を吸いこむ。大切な人と殺しあえるか。その答えはすでにでていた。簡単で単純な結論を、七音は口にする。


「そのときは、私が死にます」

「そのときは、私が死ぬから」


七音と神薙の声が重なった。思わず、七音は目を見開く。今、神薙はなにを言ったのか。わからない。意味も理由もなにひとつとしてわからなかった。だが、神薙は堂々と続ける。

「私は、この子のためなら死ねる。あなたについてはどうでもいいけど」

「……なんで」

「あなたこそなんで？」

「だって、神薙は私の推しで、辛《つら》い時も、悲しい時も、いつも、あなたの歌に……助けられてて、私はあなたがいてくれたから、これまで……」


しどろもどろに、七音は言葉を並べる。

優しく、神薙《かんなぎ》は微笑《ほほえ》んだ。生配信の最後に見せたものと同じ表情を、彼女は浮かべる。

七音《ななね》は己が『ななねこ』として告げた言葉を思いだした。同時に、神薙の返事を反芻《はんすう》する。

ななねこ〈神薙、大好き
――私も、ずっと大好きでした!

「もしかして、神薙……」

「綺麗《きれい》ごとをヌかしてんじゃねえよ!」

瞬間、岬《みさき》まほろが吠《ほ》えた。ナイフを突きだして、彼女は叫ぶ。どこかが怒りに触れたらしい。幼子のごとく、岬まほろは地団駄を踏んだ。次いで、彼女は心からの訴えを続けた。

「推しなんて、どうせ自己満足の幻想だろ!」

誰より、歌姫を目指しているはずの、
虚像の玉座を望む少女はぶちまけた。

＊＊＊

「大体さあ、最近『推し』って言葉が安っぽすぎるんだよ！　そんなもん、金だして、持て囃《はや》して、SNSでそれを誇って、脳内でドーパミンドパドパだすためだけの都合のいいアイコンだろ？　あるいは、会話ツールだろ？　あの子が好きだから私も好きだし皆も好き。最近流行《はや》りの人は全員天才。わっかるー。ヴァーチャルの存在なんて本質も深層も見てない上っ面《つら》の連中に、消費されるだけのコンテンツなんだよ！　存在自体が、凋落《ちょうらく》までをもふくめた生々しいエンターテイメントだ！　リアルのショウなんだ！　『あなたを愛している私が好きだし、皆の中で価値がある』……その思いこみだけで、すべてのエンタメ業界は回されてんだよ！　忘れられるのも嫌われるのも一瞬。ソレでも上手《うま》いことしがみついて、バズったモンの勝ち！　あああああああああああああああ、やってられっか！やってられかっよ！　価値が、閲覧が、興味が、関心が、数値化されて晒《さら》されて争う世界なんざクソ喰《く》らえだろうが！　絶対の歌姫はそのくだらねえ社会のてっぺんだ！　なにをお出ししたって褒められがちなだけの、集団幻想の最高値だ！　なにが推しだ！　なにが救いだ！　くっだらねぇ、夢なんて見てんじゃねえよ！」

どうせ、私たちは、忘れられて、殺されるんだ。

いつかは、世間的な存在自体を消されるんだよ。

悲鳴じみた声はふつりと消えた。長々と並べられた剥《む》きだしの悪意を、七音《ななね》は噛《か》みしめる。一方で、神薙《かんなぎ》のほうは動揺していた。彼女は『バズれない配信者』だ。思うところがあるのだろう。また、リスナーにすぎない、七音《ななね》にもわかった。岬《みさき》まほろの慟哭《どうこく》は露悪的だが真実でもある。現に絶対的とされたArielでさえ、人は忘れつつあるのだ。それでも。

「人は、人に救われることがあるよ」

それも、真実だった。

苦しい時に、悲しい時に、寂しい時に、寄り添ってくれたものを――本人は知らずとも強く掬《すく》いあげてくれた存在を――人は時に、一生忘れない。あの日見た星を、追い続ける。

「人の作りだし、送りだすものに助けられることがあるよ」

どれだけ記憶が薄れようと、『絶対だった誰か』を、『唯一だったナニカ』を覚えている。想《おも》い続けた時間と記憶が、血肉になっている。そうして嘘《うそ》かもしれないけれど言うのだ。

――私はあなたに救われました。

思いこみでも。

ソレは、愛だ。

「憧れが信じられないのに、あなたはなんで歌姫を目指したの？」

七音は問う。岬まほろは、強く頰《ほお》を張られたような顔をした。だが、考えてみればおかしかった。なぜ、現代の偶像に関しての負の側面を直視しながらも、頂点を目指したのか。

やがて、岬まほろはぽつりと応えた。

「だって……『岬まほろ』はなんでもないんだもの」

そうか、と七音は思う。世界は虚飾でできている。多数の認知によって、色々なモノの存在が危うく成り立っていた。ならば誰かに見つけられなければ、何者にもなれやしない。

それこそ、神薙が歌ったように。

人間みたいな　ヒトにもなれない　人間みたいな

故に岬まほろという少女は、

人間に、なりたかったのだ。

「………それだけなんだよ！」

悲痛に、岬《みさき》まほろは叫ぶ。彼女は走りだした。

七音《ななね》は知っていた。岬まほろは狡猾《こうかつ》だ。本音を見せた今ですら、彼女は神薙《かんなぎ》の『人間みたいな』の効果が切れるのを待っていた。だが、激情に引っ張られた。そのせいで、岬まほろは、七音のほうへ駆けてくる。七音の能力は盾だ。岬まほろのナイフは防げる。だが、反撃はできない。そのはずだった。小さい声で、ランランと歌いながら、七音は盾を生む。

これで、再度事態は硬直する。

そうではないと、七音は知っていた。

「ごめん……能力の【拡大解釈】だよ」

『子守り唄・無題』――知名度0、新規性70、攻撃力10、防御力65。

↓『子守り唄・無題』――知名度94（一過性。ただし、三日間は継続と拡大を伴うと推測されるため、ブーストは三回使用可能とする）、新規性0、攻撃力35、防御力98。×9・4で広範囲の守備が可能（本来、数値の向上については、たまちゃんとの分割の予定だったものの、状況を鑑みて、再配布済み）

以前も語ったとおり、ここにおかしな点があった。七音の能力は『盾』――防御の力。ならば、攻撃力35とはなにか。

「ブースト、二回目――――使用」

一気に、七音は盾を伸ばした。ソレは輝く、硬い殴打武器となる。

側面が、前のめりに駆けていた岬まほろの腹を突いた。彼女の身体《からだ》は、くの字に折れる。小さな唇から、嘔吐物《おうと》が噴きだした。血で汚れてはいるものの、天使のような姿が宙に浮く。数メートル、岬まほろは吹っ飛んだ。小さく、七音はつぶやく。


「私の、勝ちです」

同時に、思いがけないことが起こった。


ゆっくりと、まほろは落下する。その顔面を、誰かが踏みつけたのだ。

ボグウッと、立ててはいけない音を立てて、岬まほろは急角度で落ちた。その頭は、コンクリートの床上に叩《たた》きつけられる。果物が割れるような音が響いた。血が広がる。更に、誰かは、白いハイヒールを履いた足を持ちあげた。その先端が、岬まほろの眼球へと叩きつけられる。グジュグジュッと、嫌な音がした。ぐりぐりと、誰かはハイヒールを動かす。

そして、視神経と脳味噌《のうみそ》で汚れた踵《かかと》を、引き抜いた。紅《あか》く濡《ぬ》れた靴を、彼女は下ろす。

岬《みさき》まほろに致命傷を与え、
美しい白の女性が立った。

「うそ」
「なに」

七音《ななね》と神薙《かんなぎ》は混乱した声をあげる。ありえないはずだった。彼女は皆の夢で、墜落した星で、氷の女王で、死亡した唯一で、虚飾のスタァで、【少女サーカス】の本来の主演で。

「――――Ariel」

絶対の、歌姫だった。

応えはない。岬まほろの眼孔に、彼女は再度ハイヒールを叩《たた》きつけた。

【六人目の歌姫候補が死亡した】

幕間劇《まくあい》　岬まほろ

過去に、岬まほろは失敗した。

それはありふれた、どこにでもある、やってしまいがちな過ちだ。

同時に、一度犯してしまえば、否応《いやおう》なく数年間が絶望に染まるものでもあった。

要は高校デビューに失敗したのだ。しかも、キャラ変や、垢抜《あかぬ》けることができなかった――などという、元から難易度の高いハードルを飛べなかったパターンとは異なる。

単に、『正常な人間関係を築くこと』がまたできなかったのだ。

中学生の頃から、岬まほろは孤立傾向にあった。

はじまりは『ハッピープリズナー』――通称『ハピプリ』という、配信者チームにハマれなかったことからきている。人気の男性歌い手三人と新人三人からなる、歌から配信、リアルイベントまでなんでもありだが、基本はキャラクターイラストのみ、顔出しNGの新世代アイドルだ。中学校の友人たちは夢中になっていた。だが、正直、岬まほろにはピンと来なかった。弟チームである『アンハッピープリズナー』が登場、本家よりダーク寄りかつ、最年少メンバーのダウナーキャラがバズり、『ハピプリ』派と『アンプリ』派が険悪化した際も、いったいなにをしているんだろうなぁとしか思わなかった。対立煽《あお》りふくめての仕掛け企画なのは明らかだったし、新人と言われているメンバーは全員、転生前の過去があった。素人目にも、茶番点が多すぎた。だが、信者は、誰も指摘しない。

そこからも色々な流行があった。主に『ハピプリ』との複数のチームのコラボ企画から、友人間の盛りあがりは広がりを見せた。色んなタイプがいた。家族売り、チーム売り、恋人売り、ブロマンス売り……どれもくだらなかった。だが唯一、別枠と思える存在がいた。


Arielだ。


他とは異なり、彼女の存在は孤高だった。それに、知名度が群を抜いていた。誰に聞いても、Arielのことは知っている。次々と生まれては消えていく、エンターテイメントコンテンツの中、彼女だけは不動に見えた。岬《みさき》まほろはArielのアルバムを一通りDLした。サブスクには未収録の限定曲も聞きたかったためだ。

『ハピプリ』も『アンプリ』も、『ラッキープリズナー』も放置した。

それがいけなかった。いっそ、全部無視したなら、クールキャラとして通った気がする。だが、一部の話にだけノるのが気に障《さわ》ったらしい。

ワガママじゃない？　自分の興味ある話題以外、露骨に嫌な顔してさ。友達ならさー、少しは合わせるのが普通じゃん？　絶対、ウチら『看守』のことバカにしてるんだって！

ちなみに『看守』とは、プリズナーファンの呼称だ。そういう『仲間意識』も、岬まほろは嫌いだった。そもそも、彼女たちは憧れのはずのメンバーについて詳しくない。表面のキラキラだけ見て、深掘りすれば行き当たる情報からは目を逸《そ》らしている。

その様は、共通の話題を持ちたいようにしか、岬まほろには見えなかった。

そういう態度でいたら、無料通話アプリのグループから追放された。正確には、岬まほろ抜きで、新たなグループが作られた。表立ったイジメはなかったが、裏でなにを言われていたのかはわからない。疑心暗鬼にならざるをえず、精神値をかなり削られた。

高校ではこういうことはないようにしよう。そう決めた。

ニコニコ笑って、なにをふられても、会話を合わせよう。


無理だった。


短尺動画専門の投稿プラットフォームにて流行《はや》っていたダンス動画。それが無断転載であることを指摘してしまった。爆発的流行を見せた子犬の動画が、元は外国俳優が気紛《きまぐ》れに捨てて炎上したペットの幸福な時代にすぎないことにムカついた。気がつけば、岬まほろは『面倒くさい奴《やつ》』扱いを受けていた。確かにと彼女自身も思った。間違いなく面倒だ。

消費されるコンテンツを笑って終われない。流行の消費速度についていけない。あの子が好きなモノを、皆が好きなモノを、私も好き、になれない。結果として、人の輪の中に入れず、阻害される。だが、己の趣味だけを貫きながら、生きている人間も多いはずだ。それでいて、独自のセンスを持つ者もＳＮＳにて己の居場所を構築しているように見えた。

岬《みさき》まほろは一人だ。

ずっと独りきりだ。

すべてが嫌になった。だが、Ariel だけは別だ。彼女は流行の中心軸でもあったが、台風の目でもある。揺るぎない、不動の存在は心を落ち着かせた。

彼女のようになりたかった。

だから、岬まほろは、『岬まほろ』として活動をはじめた。金ならあった。裕福な家の生まれなわりに、お小遣いもお年玉も全額貯金していたからだ。機材を揃《そろ》えて、アバターの有償依頼もして、万全の準備を基にはじめた活動は全然流行《はや》らなかった。ある意味、妥当だ。世の中のエンタメコンテンツをバカにし、軽視しながらもヒットを打ちだすことは、不可能ではないが、困難極まる。それでも諦められなかった。

Ariel という星は輝いている。アレになりたい。貯金の全額投資を決め、岬まほろは本格的なボイトレを受けた。フワフワ系のキャラも心がけた。相変わらず動画は伸びなかったが、再生数やチャンネル登録者数にはジワジワと変化が生じはじめた。そろそろ、オリジナルソングを持ってもいいか。そう考え、バイトも視野に入れたところだった。

Arielが死んだ。

そこまではいい。

問題は彼女の死後、その存在が急速に忘れられたことだ。嘆きの声はすぐに潰《つい》え、追悼も途絶えた。嘘《うそ》だと思った。信じられなかった。何日も、何日も、岬まほろはArielのMVだけを眺めてすごした。その再生数の急速な回転と、コメントの増加だけは、彼女のカリスマ性の名残りだった。毎日、墓参りをするように、岬まほろはArielの動画に通った。そして別名で、あるコメントを打ちこんだ。

――私はあなたに救われました。

それが最後だ。もうやめよう。そう思った。落ちた星に縋《すが》っても、二度と光は見られない。この世界で消えたくないのならば、誰もが認める地位に就くまで、足掻《あが》く必要がある。

そうして、岬まほろは『人間』になりたかった。

次に彼女は【少女サーカス】の告知に気づいた。

ためらいはなかった。迷いもなかった。離別は済ませていたので、Arielの死骸《しがい》を見ても悲しくは思ったが大きく動揺はしなかった。殺しあいを伝えられても、無名の自分にすらチャンスがあることに嬉《うれ》しくなっただけだ。ただ、Arielの内臓を運ぶのだけは無理だった。それを最初にやった妖《あやかし》くるるはウザかったし、口の悪いアエルのことは嫌いだった。だから、別に罪悪感も覚えなかった。『こんなものか』と思ったほどだ。

それでも、まさか。

「―――Ariel」

七音《ななね》の声を聞きながら、岬《みさき》まほろは朦朧《もうろう》と考えた。伝えたいと思った。死んでいなかったんですね。驚きました。ファンだったんです。一番伸びてるコメント、私のなんですよ。

あなたが生きていてくれて、嬉しいです。

そこで、グシャッグシャッと、

岬まほろは脳味噌《のうみそ》を抉《えぐ》られた。

おしまい。

第十二幕　真相

【血塗《ちまみ》れの姿で、歌姫は壮絶に死んでいた】

かつて目にした光景を、七音《ななね》は思いだす。

【粘つく紅色の海に横たわって、彼女は目を閉じていた】

【そのドレスの一部は破られており、滑らかな腹が露《あら》わにされている。白い肌には無惨な傷が刻まれ、黒の糸による雑な縫い目で閉じられていた。そこから摘出されたであろう内臓が、なんらかの儀式のごとく、彼女の周りには円を描くようにして置かれている】

【汚らしい内容物を零《こぼ》す腸や組織が柔らかく崩れた肺。内側の襞《ひだ》と粘膜を曝《さら》けだされた胃に小さな子宮。比較的馴染《なじ》みある形の心臓などが、等間隔で配置されていた。腐敗が進行しているのか、それらは赤黒く変色している。辺りにはむせ返るような悪臭も漂っていた】

そういえば、最初からおかしくはあったのだ。Arielを囲む臓器は腐敗し、汁と悪臭を流していた。それなのに、Arielの死体は美しいままだったのだ。内臓のほうが、腐りやすくはあるだろう。だが、切開と縫合跡までもが、綺麗《きれい》なままなのは流石《さすが》におかしすぎる。

配置された肺や心臓などの肉塊は、Arielとは無関係だったのだ。

（なら、あれらの内臓の本当の持ち主は？）

子宮があるからには女性だろう。どこからか死体を調達した、ということも、【少女サーカス】の運営ならば考えられた。だが、そんな非合法な橋を追加で渡らなくとも『使える遺体』は存在した。日ノ上翠《ひのかみみどり》と柊《ひいらぎ》ロコ。第二次審査の脱落者だ。

あとは無惨な手術跡を加えながらも、Arielを横たわらせておけばいい。残酷な傷痕と、周囲に転がる臓器は、参加者が勝手に脳内で紐《ひも》づけてくれる。つまり、結論は単純明快だ。


Arielは生きている。


「気がつくべきだったわね……デスゲームにおいて『初期に落ちていた死体が生きている』なんて、最早《もはや》古典的テンプレートじゃない。小説でも、やりつくされたパターンなのに」

神薙《かんなぎ》は低くつぶやいた。日頃から、七音はホラーやサスペンスの摂取量は多くない。だから本当にそうなのかはよくわからなかった。しかし、神薙が言う以上は確かなのだろう。

（あれ……でも）

同時に、七音は疑問を覚えた。ならば、今、部屋に散らばる、『Arielの死体』はなんなのか。だが、彼女の立ち姿に答えは隠されていた。頭に、特徴的な花飾りがない。髪も一部がバッサリと切られていた。布かなにかを丸め、髪と花飾りを被《かぶ》せることで、頭部の代わりにしたのだ。そうして、ソレ以外のパーツは別途に手に入れたのだろう。

シスター・アリアの死体からだ。

彼女は頭部しか発見されていない。更に、シスター・アリアのアバターはArielをモチーフにデザインされていたため、背丈や体格が相似していた。身代わりには打ってつけだ。

だが、ソレを手に入れているというのならば。

『さっきの推論にもね。違うって言うか、あー都合よくまほろに押しつけてんなーってところがあったけどまあいいよ』

そう、岬《みさき》まほろは語っていた。あの推論のどこが違ったというのか。

『妖《あやかし》くるるの殺害』と『アエルの殺害』は彼女が犯人だろう。

だが、『たまちゃんの殺害』に関しては、話が変わってくる。


第一の部屋と『空の食卓』の部屋には、サムターン錠を回してももどることができた。まず、第一の部屋から隠し扉を通過。ここには、花飾りでも挟んで、閉まらないようにしておく。次に『空の食卓』の部屋に入り、テーブルクロスの下に隠れる。この際には、たまちゃんに素通りされないよう、また、怪しまれないように扉はちゃんと閉じておく。たまちゃんが食事を摂《と》り、油断しているところを不意打ちで殺害。シスター・アリアの死体と一時服を交換。頭部を切断し、天秤《てんびん》の仕掛けを使って扉を開ける。続けて、シスター・アリアの死体を切断。身代わりを作成。血濡《ぬ》れた服を脱ぎ、死体置き場に処分。『第一の部屋』までもどり、身代わりを配置。各部は破れているものの、白いままのドレスに着替える。そうして、自分は通気口の中へと身を隠したのだろう。『第二の部屋』に向かうには柱時計が邪魔だが、潜《くぐ》るのではなく、入るだけならば可能なはずだ。

「もしかして……なんで、あなたが」

つまり、Arielも二名を殺している。

なぜ、そんな面倒なことをしたのか。

『空の食卓』にて、Arielは上手《うま》くたまちゃんの不意をつけた。だが、残りの面々については断崖を渡れるか否かが不明だったためだろう。衰弱死するならば、それもよし。もしも渡ってきた場合は混乱の上で殺しあわせ、数を減らせば効率的だ。そう考えたのだろう。

結果、Arielの目論見《もくろみ》どおりに、アエルが脱落。岬まほろが負傷した。

七音《ななね》と神薙《かんなぎ》は、互いに殺しあわない宣言をしている。ならば岬まほろの治療をされ、三人を相手にする羽目に陥るより、今ここで出て、一人を確実に削ることにしたのだろう。

しかし、そもそも、だ。

「あなたは歌姫候補じゃ」

「違うわ。思いだして、七音。【時計兎《うさぎ》】は重要事項の一つとして言っていた――『参加者は、この部屋の中にいる少女たち』だって」

ハッと、七音《ななね》は息を呑《の》む。なぜ、【時計兎《うさぎ》】はわざわざ、そこを再定義したのか。八名の歌姫候補たちと、わかりやすく区切らなかったのか。ソレが答えだ。

Arielも『最終審査』の参加者だった。だが、彼女は本来のメインボーカルだ。

(なのに、なぜ?)

七音は戸惑う。神薙《かんなぎ》は身構える。
緩やかに、Arielは薄い唇を開く。

「『リベラ・メ』」

そして、破壊がはじめられた。

＊＊＊

『リベラ・メ』は悲鳴からはじまる歌だ。
闇と病みをふくんだ愛についてを綴《つづ》っており、特に『キャラクターや関係性への妄想上のイメージソング』として、特定層から熱烈な支持を受けている。だが、決して普遍的な人気を誇る曲ではなかった。Arielの持ち歌の中では、再生数、DL数、共に低いほうだ。

だが、最初の一音を聞いた瞬間から、七音は悟った。

Arielがその歌を選んだ理由と、【少女サーカス】最終審査に挑んだ真実を。

「［あああああああ、アアアアアアアア、AHAAAAAAAAAAAAAA］」

「……声が壊れ、てる」

辺りに、衝撃派が広がる。ブーストはかけずに盾を張り、七音は神薙を背中に守った。

重い直撃に耐えながらも、思いだす。死の直前、Arielの評判ははじめて揺らいでいた。

サードライブ【檻《おり》の中のイドラ】

その開始から高音の伸びは悪かった。後半に至っては得意の低音まで潰《つぶ》れていた。定番のアンコールもなかった。ファンの間では、喉の調子を案ずる声が多くあげられた。

アレは、的外れな心配ではなかったのだ。

沈黙のカーテンの向こうに隠されていた答えは、開示された。今、響きわたる声は血が滲《にじ》むかのようで、ほぼ歌になっていない。恐らく多量のブーストを使用して、なんとか形にしているだけだ。そのうえで悲痛な響きを持つ、この歌だけがサマになる線上なのだろう。

Arielの喉は完全に潰れていた。短期間で酷使しすぎたのだ。

だが、【少女サーカス】審査の勝者は、必ずスタァになれるという。当人がどんな問題を抱えていようとも、だ。それでいて、栄華を極めたあとの凋落《ちょうらく》については、保証の範囲にないらしい。おそらく、スタァとはそういうものであるからだ。永遠の歌姫などいない。それでも再度勝てば、復帰は可能なのだ。Arielは最高の歌姫にもどれる。


だから、彼女はゲームを選んだ。

そして、運営はゲームを開いた。


結局、すべてはArielという歌姫のためにはじめられたのだ。

それこそが、六名の死亡した【少女サーカス】の真相だった。


「……そんな、ことで」

「……七音《ななね》?」

悲鳴が終わる。主旋律に入るのだ。いくら壊れた声であろうとも、ここからの威力は桁違いなものとなるだろう。なにせ、Arielは無限のブーストを持つ。彼女という歌姫は絶対だ。眩《まぶ》しい星。咲き誇る花。掲げられた王冠のごとき存在——だった。七音は唇を噛《か》む。その惜しみない賞賛がArielを壊したのだとしても。高き地位に執着させたのだとしても。

「そんなことで、裏切るな」
かつて、無数の少女が彼女に憧れを向けた。
そこに輝きを見つけ、必死に手を伸ばした。
「あなたに焦がれた、私たちを裏切るなああああああああああああああああっ！」
星よ、堕《お》ちるな。
花よ、枯れるな。
白よ、汚れるな。
君よ、気高くあれ。
そう、望んで、なにが悪い。
それこそが、ファンだろう。
信じることは一種の加害であり、
それでもなお、確かに愛なのだ。

憧れは止まらない。どれほどに実態が醜悪であろうとも、それは美しいモノだ。

美しいものなのだ！

「『ラストブースト』――『子守唄・無題』最大展開！」


それを、わからせるには今しかない。だが、点で狙っても、防がれるだけだ。

七音《ななね》は叫ぶ。盾を広げた。部屋を二つにわける、新たな壁のごときサイズに。


それを、そのままArielへ倒した。


「ッ――【どれだけ待てばいいの　どこまで捧《ささ》げればいいの　いつまで僕はここにいる】」

『リベラ・メ』の歌が響く。その衝撃波が、光の壁を止めた。だが、破壊までは叶《かな》わない。

更に、生みだされた壁は大きすぎた。斜めに天井へぶつかり、また、ソレは落下していく。

何度弾《はじ》かれようとも、Arielへ向かって。

ある事実について、七音は知っていた。アエルの声が、耳元で再生される。

『かわいそうな子かよ』

七音の盾の継続時間は、根性次第。

つまり、彼女が諦めない限り続く。

「――【壊れた席に残された体温　これがもしも悪夢なら　君に食べて欲しかった】」

Arielが潰《つぶ》されるのを防ぐには歌うしかない。壊れた喉に負担を強いる必要があるのだ。

しかも――。

「――――――【今なお　君は　私の涙】」

『リベラ・メ』の主旋律は終わる。なぜならばループ曲ではないからだ。また、はじめるには間が空く。その間に軋《きし》みをあげて、衝撃波の支えを失った壁は倒れこんだ。つまりは、

「私の、勝ちです」

Arielは、光る壁に押し潰される。

瞬間、望んで、七音は盾を消した。

しばらく、Arielは頭を抱えていた。だが、状況に気づき、きょとんとする。なぜとたずねるように、彼女は七音《なね》を見た。七音は動かない。なにもしない。ただ、問いに応えた。

「推しのことは、最推しに任せることにしました」

「消えたままでは失礼だと思うので……行きます、Ariel。ご無礼を」

瞬間、神薙《かんなぎ》は、『人間みたいな』を解いた。

その蹴りがArielを床の上へ打ち倒した。

幕間劇《まくあい》　＊＊＊

＊＊＊は、＊＊＊だ。
他の、なんでもない。


彼女は誰も名前を知らない、底辺の歌い手だった。それなのに、無謀な夢を見た。第一回目の【少女サーカス】の素人も応募可能なオーディションに参加を希望してしまった。

しかも、親友二人を巻きこんで。

彼女たちが三人とも通ったのには、その結果によって起こる変質に期待をされたからだろう。一種の実験だ。今ならば＊＊＊にもソレがわかる。だが、当時はただ浮かれていた。

そして、第二の審査を受けた。弾き語りのスタイルが有名な歌い手が吊《つ》られた。


親友の一人は壊れた。


SNSへの書きこみは残された。だが、各所への通報がボーダーラインだったようだ。

彼女は姿を消し、二度と帰ってこなかった。震えながら＊＊＊は最終審査の日を迎えた。

会場には、当時憧れだった歌姫と親友がいた。これならきっと、なんとかなると思った。

そして、歌姫と親友が殺しあって死んだ。

先んじて、親友に不意打ちで頭部を殴られながらも、＊＊＊は生きていた。横たわったまま、彼女は【時計兎《うさぎ》】に告げられた。高らかな拍手と、無数のブラボーの声と共に。

「お見事でございます。あなた様こそ眩《まばゆ》い星。咲き誇る花。輝ける王冠のごとき歌姫です」

＊＊＊は思った。歌姫とはなんだろう。

スタァって、いったいなんなのだろう。

それを証明するには歌しかない。罪悪感と悲しみの末に、＊＊＊はそう決めた。

栄華を極めし者には、極めただけの義務がある。そうでなければ、敗者が浮かばれない。

＊＊＊は勝者にふさわしかったのだと、彼女自身が証明をしなければならなかった。もう歌えるだけでいい。それだけで十分だ。一人、幻のゴールを探して砂漠を歩いてみせる。

そうして、＊＊＊はArielになった。

けれども、答えを見つけられる前に限界がきた。結果にも、到底足りはしない。

だから、迷うことなく、彼女は再挑戦を希望した。【時計兎】はソレを受けた。

だけど、

しかし、

「あなたに焦がれた、私たちを裏切るなああああああああああああああああああああっ！」

彼女は、知る。痛切な涙と、叫びで知る。

ああ、そうか。実は、そう、だったんだ。

自分は、星になれていたんだな。

第十三幕　終演

横になったまま、Arielは動かなくなった。気絶しているとは思えない。だが、なぜか、天井を向いたまま、瞬《まばた》きをしている。不意を打って、襲ってくる可能性は当然考えられた。しかし、七音《ななね》はそれはないだろうなと思った。

Arielの目の中に敵意はない。ただ、星のごとく澄んでいた。


「それで、これからどうするの？」

息を吐いて、神薙《かんなぎ》はたずねた。七音は彼女を見つめる。青い瞳に、神薙はありありとした苦悩を浮かべていた。首を横に振って、彼女はささやく。

「正直に言うわね……私はこの人を……Arielを殺したくない。【時計兎《うさぎ》】なんて関係ないわ。その仮初の地位がなかったとしても、彼女の歌は紛れもなく、私の憧れだったから」

「わかります。私も同じ気持ちです」

「でも、あなたにはもっと死んで欲しくない。だから、困ってるの……死んで欲しくない相手が二人もいたら、ここからは絶対に出られない」

「そうですか。でも、私には考えがありますから」

「えっ？」

神薙の瞳に、希望の光が灯《とも》った。

優しい人だなと、七音は思う。未《いま》だに、これ以上誰も犠牲にすることなく、終われる道を信じているのだ。そんな推しが七音は好きだった。だが、全員が生き残る道なんてない。

めでたし、めでたしなんて存在しないのだ。

だから、七音は子守唄を紡ぎ、盾を作った。

「神薙……大好きでしたよ」

明るく微笑《ほほえ》んで、七音は、
ソレを強く振り下ろした。

封じられた、『緊急脱出口』へ向けて。

＊＊＊

『緊急脱出口。ただし、正規の鍵以外の方法で開くことは死を意味します』

その文字が記された鉄板を、七音《ななね》は何度も殴りつける。全身を使って扉を叩《たた》いた。ブーストをとっておけばよかったと後悔する。だが、力技に、少しずつだが扉は歪《ゆが》みはじめた。

しばらく、神薙《かんなぎ》は呆然《ぼうぜん》としていた。だが、彼女は慌てた声で叫んだ。

「い、いったい、なにを……なにをしているのよ⁉」

「『正規の鍵以外の方法で』扉を開こうとしています……無理やり開ければ全員が死亡する……という表記ではありませんでした。多分、開いた人だけが死ぬんだと思います」

その先はどうなるのだろうか。生き残った神薙とArielで、再審査が行われる可能性もある。だが、二人ともが解放される道を信じるしかなかった。どちらにしろ、七音が結果を知る術《すべ》はないのだから。無理やり扉を開いた時点で、七音の死は確定する。

だが、推しの歌姫たちは残るのだ。それだけで、充分だった。

「私は、こうして二人を生かします。最高の結末です」

「どうして……どうして、そこまで」

「神薙が私の推しだからです」

告げながら、七音は扉を殴り続ける。ガァンッガァンッとひどい音が響いた。手も痛い。皮は剥《む》けているし、指も折れそうだ。だが、やめない。絶対に、やめるわけにはいかない。

神薙が好きだからだ。だが、当の本人は首を横に振る。

「そのために、どうしてそんなことまでできるのよ……あなた、正直ちょっと怖いわよ……やめて！　やめなさいよ！　やめろっ！」

扉の前に、神薙は飛びだした。危うく、七音は腕を止める。青い目に、神薙は涙を浮かべていた。人のことを言えない人だなぁと、七音は思う。神薙の優しさも大概だ。そんな人だからこそ、死ぬに値する。とても怖いけれど。痛いと嫌だなと思うけれど。それでも。

「あなたを見つけられたことを、奇跡みたいに思えたんです」

七音は神薙のことを深く慕っている。彼女のことを見守りたい。追いかけたい。すばらしい才能を広く知られ、羽ばたくさまに拍手をしたい。そう、心から望んでいた。夢はまだ、叶《かな》えられていない。七音が神薙の先を知ることはない。だが、信じることはできる。


絶対に、神薙は最高の歌姫になれる。

そのために、七音はここにいるのだ。


「だから、どいてください、神薙」

「違う、違う、私はそんな大した人間じゃない！」

「それは、私が判断することで……」

「うるさい、黙れ、私がここに来たのはアンタのためなのに！」

わけのわからない言葉が、耳を叩いた。思わず、七音は固まる。

綺麗《きれい》な瞳に、神薙《かんなぎ》は大粒の涙を浮かべた。そして、子供みたいに泣きながら告げる。
「私は長年推してきたことを、後悔されない存在になりたかった。こんなつまらない歌い手を選んだことに意味を持たせたかった。無邪気に誇ってもらうに値する、唯一になりたかった！　アンタのことが、大好きだったから！　その言葉だけが、私の光だったの！」
キラキラと降る涙を眺めて、七音《ななね》は悟る。憧れに手を伸ばす時、星もまた、人を見つめているのだ。そうして差しだされた賞賛と歓声が、なによりの宝となることだってあった。

──おつかんなぎー！　配信ずっと、本当に、楽しみに待ってました！

「ねえ、死なないでよ、『ななねこ』！」

次の瞬間、二人は勢いよく、
衝撃波に、ぶっ飛ばされた。

＊＊＊

「へっ？」

「えっ？」

なにが起きたのかはわからない。直撃だった。冷たい床の上に、七音は叩《たた》きつけられる。

神薙も同様だ。身体《からだ》は痺《しび》れて動かない。見れば、Arielがゆらりと立ちあがっていた。

ぐっと、七音は息を呑《の》む。だが、同時に不思議にも思った。

Arielには、敵意も殺意もない。

ただただ、彼女は美しかった。

それなのに、なぜ。

「…………これが、最後の曲になります」

そうささやき、Arielはフラリとお辞儀をした。そのまま、腹の縫い目に指を突っこむ。

皮膚と肉がみちみちと裂けた。ボタボタと血が流れる。激痛にか、Arielは押し殺した悲鳴をあげた。まるで歌のように声を発し、彼女は自傷を続ける。内臓に届きかねないほど、傷口に腕を深く入れ、Arielはナニカをとりだした。ソレを、彼女は光の下へ掲げる。

『緊急脱出口用』――そう彫られた、鍵だった。

（そうか……Arielも、八名とは異なるリスクを負っていたんだ）

瞬間、七音《ななね》は理解した。恐らく、Arielは死者の偽装と、最初のガス、隠し扉の位置情報を、アドバンテージとして与えられていた。だが、同時に、リスクも背負っていたのだ。

神薙《かんなぎ》の言うとおりなら、デスゲームにおける死体は生きている可能性を疑われる。それを避けるために、今回は訃報が伝えられており、内臓が散らしてあった。だが、完璧な偽装など存在しない。Arielには『運営側』と判断され、真っ先に排除される可能性があった。更に、その肉体にはギミックの一つとして、正規の鍵が縫いこまれていたのだ。

恐らく、絶対的な歌姫を己が手で殺して、腹を裂くほどの少女がいれば――彼女こそ次代女王に相応《ふさわ》しいとの判断だろう。歪《いびつ》だが、ある意味正しい基準でもあった。だが、今、鍵はArielの手にある。彼女は扉を開いた。そして七音に近づく。襟を掴《つか》み、引きずりだした。大量の血を流しながら神薙も回収する。両手に二人を連れて、Arielは進み――。

ポイッと、部屋の外へ二人を捨てた。

七音と神薙は、同時に脱出を果たす。

Ariel自身は進まない。ただ、微笑《ほほえ》んで二人を見ている。その隣が大きくブレた。ヴンッと【時計兎《うさぎ》】が現れる。懐中時計を開いて閉じて、『彼』は困ったように鼻を震わせた。

「さてはて、なんとも。こうなってしまいましたか……鍵を開いたのはあなた様なのですがね。脱出を果たしたのは二人。しかも、同時とくる……ううん、では、再審査、を？」

そこで、Arielは細腕で【時計兎】を掴んだ。白い耳が、ピンッと伸ばされる。身体《からだ》を薄めて、【時計兎】は逃げようとした。だが、すかさず、Arielはつぶやく。

「『リベラ・メ』」

前奏の悲鳴がぶつけられた。衝撃波によって、【時計兎】は逃亡を阻止される。爪をも白く塗った指で、不意に獣は喉を捻《ひね》られた。プツリと、布が裂ける。驚いたことに、綿ではなく、粘つく血が溢《あふ》れだした。真っ赤に濡《ぬ》れながら、【時計兎】は笑いだす。

「なるほど、なるほど、ナルホド！　こう来ますか！　確かに、プロジェクトにおける、【歌姫】担当の私を殺せば、【少女サーカス】は無期限延期せざるをえなくなる！　ですが、いいのですか、Ariel！　そうすればこのまま、あなたも死……」

そこで、【時計兎】は黙った。感情の見えない紅《あか》い目に『彼』はArielを映す。腹からダクダクと血を流しながらも、彼女は手を緩めない。とても静かに【時計兎】はたずねた。

「それで、いいのですね、Ariel」

不思議と、愛情の滲《にじ》んだ声だった。

最高傑作か、宝物へ向けるような。

「……よろしい。ならば特例だ。許しましょう。私を連れて、お逝《ゆ》きなさい」

あなたは、とても、とても、とても面白かった。
ボグウッと鈍い音が響いた。兎《うさぎ》の首が折られる。

Arielは手を離した。パサリと軽い音を立てて、【時計兎】の死体は落ちる。ソレは、どろりと溶けた。【時計兎】から流れた紅がすべてを侵食していく。そこから、Arielは逃れようとしない。堂々と、彼女は立ち続ける。七音《ななね》は動こうとする。Arielを助けなければならない。だが、身体《からだ》は言うことを聞かなかった。声すらだせない。神薙《かんなぎ》も同じようだ。無様にもがく二人の前で、Arielは口を開く。女王の優雅さで、彼女はお辞儀をした。

「本日、Arielは亡くなりました。葬儀は居合わせた者たちで済ませております。お別れの会を設ける予定はございません。ご了承を」

日々、私の歌を愛してくださり、ありがとうございました。

カーテンが閉じられるように、紅がどっと視界を覆った。
万雷の拍手の中、なにもかもが見えなくなって――。

そして、【少女サーカス】は終演を迎えた。

感想会

××××〈面白かった。
ＡＡＡＡ〈面白かった。
▲▲▲▲〈面白かったねえ。
ＸＸＸＸ〈イレギュラーはアリだろ。
92Ｇｂ〈やっぱ、推してよかったわ。俺、先見の明ある。

山羊《やぎ》〈でも、正直、【時計兎《うさぎ》】は肩入れしすぎじゃなかった？
黒猫《こうもり》〈それもふくめて、だろ？　各担当にも思い入れくらいある。
蝙蝠《ひきがえる》〈あの二人は、今後も絡んできそうだけれどね？
蟾蜍〈いや、逆に推せるわ。それくらいの奴《やつ》はいたほうがいい。

白百合《しらゆり》〈殺しにくるかねえ？
黒薔薇《くろばら》〈我々を？　一にして無数の我々を？
紅鬼灯《べにほおずき》〈それでも、彼女たちは来るかもしれない。

全員〈それはそれでありだろう！

ブラボーブラボー、ブラビッシモ！
これにて、今宵《こよい》の演目は終了です。

足元にお気をつけて、お帰りください。
ご来場、誠にありがとうございました。

どうか、次の舞台をお待ちください。

終章　現実

紅色は白く濁り、牛乳の海のように七音《なな》を呑《の》みこんだ。底の底へ、深く重く沈んだあと、七音は急に吐きだされた。目の前には罅《ひび》一つ入っていない、低スペックのパソコンの画面がある。その中央ではデフォルメされた【時計兎《うさぎ》】のイラストがバッテン目をしていた。

「…………こ、こ？　私の部屋、だ！」

ガバリと、七音は勢いよく起きあがった。

走って、飛びこむようにして椅子へ座る。途端に、【時計兎】の画面は消えた。後には、スクリーンセーバーとカレンダーが表示されている。一日が経《た》ち、朝4時になったところだ。外は明るくなりはじめている。深夜に『最終審査会場』に飛び、次の夜にインターバルとしてもどされ、朝に帰還をしたようだ。あの世界とこちらでは、時間の流れが大分異なったらしい。【少女サーカス】の名残りはない画面に、七音はポインタを走らせる。慌てて、フリーメールを開いた。そこには一通の新着が届いている。

【トカゲのビル】とある。開くと、簡素な文章が表示された。

『責任者の急逝により、第二回【少女サーカス】は無期限延期となります。最終審査結果は無効です。ご了承のほどを。またの機会に、奮ってご応募ください』

『P.S. 俺は【時計兎《うさぎ》】より甘くねえからな』

最後の文章にだけ、隠しきれていない感情が滲《にじ》んでいた。

瞬間、メールは消滅した。見れば、今まで【少女サーカス】から届いたものはすべて消えている。だが、その不思議に構う暇などなかった。ボソリと、七音《ななね》はつぶやく。

「……神薙《かんなぎ》……私の、神薙は!?」

SNSに接続、ななねこのアカウントのフォローから飛ぼうとしたときだ。

七音はメッセージがきていることに気がついた。開いて、愕然《がくぜん》とする。片道で繋《つな》がっていたはずの相手とは、いつのまにか相互になり、聞きたいことが送られてきていた。

神薙〈無事かしら？ 私は無事よ。安心して。でも、あなたのことが心配。これを見たら、すぐに連絡をちょうだい。

ななねこ〈ファンアカウント、認知してたんですね！

神薙〈今それを言うな、バカ！

ハハハッと、七音は声にだして笑った。深く、彼女は安堵《あんど》する。緊張が解けると同時に、皆の死に様が頭をよぎった。様々な憧れの形、複雑な感情の発露、結局わからないままだった色んな想《おも》い。そしてArielの優雅なお辞儀。涙を流しながら、七音は言葉を打ちこむ。

ななねこ〈生きていてくれてよかった。

神薙〈あなたも。今、だけじゃない。昔から。

神薙〈私にはあなたがいてくれて、よかった。

その言葉に、七音は大きくうなずいた。七音も、ななねこも、同じ気持ちだった。憧れとは止まらないものだ。その実態は醜い。だが、それでも美しいものなのだ。

泥に落ちた、星を見た。
血に塗《まみ》れた、白を見た。

それでも、歌姫はお辞儀をした。
最後の美しさを決して忘れない。

（これから、私たちはどうするのだろう）

そう、七音《ななね》は思った。本当は何事もなかったかのように離れるのが正解なのだろう。だが、七音も神薙《かんなぎ》も、それで納得できるわけがなかった。少女たちの無念を、歌姫の絶望を、運営を許すことはできない。そのためにはぶつかるしかなかった。彼らはすべてのスタァを管理しているという。ならば、階段を自力で駆け上れば、やがて黒幕に手が届くだろう。

生き残った者には、託された者にはその義務がある。

憧れの星の頂きで、剣を握らなくてはならなかった。

だが、今後については神薙と話しあい、意志と方法を確認しなければならなかった。実生活とのバランスとりも必須だ。そう考える七音の前に、新規のメッセージが表示される。

神薙〈とりあえず、会いましょう？　今後について話さないと。どこに住んでる？

ななねこ〈リアルでも、私と会ってくれるんですか？

神薙〈もちろん、あなたが望むなら。

そこで、会話は止まった。交換しなければならない情報は、たくさんある。他に投げるべき問いも数多くあった。だが、少しだけ考えた後、七音は最も意味のない言葉を贈った。

ななねこ〈神薙《かんなぎ》、大好き。
神薙〈ななねこさん。ううん、七音《ななね》ありがとう。

――私もずっと、大好きでした。

かくして、新たな舞台の幕があがる。
やがて、悪意と対峙《たいじ》するその日まで。

少女たちは、あの日の星を追い続ける。

とある日の、とあるメール

【第一の歌姫候補が死んだ】
【第二の歌姫候補が死んだ】
【第三の歌姫候補が死んだ】
【第四の歌姫候補が死んだ】
【第五の歌姫候補が死んだ】
【第六の歌姫候補が死んだ】

第二回【少女サーカス】・無期限停止

故に、我らは新しい歌姫を求めているのです。絶対的王者の座席は空。いいえ、それだけではありません。今も、人々は新しい偶像を渇望している。我々には、それに応える義務があります。すべては大衆のために。娯楽なき世界は滅びる。エンターテイメントとは力である。それを維持し、高揚を保ち続けるためには、我々も戦わなくてはなりません。

すべての演者に喝采を！　すべての消耗品に敬意を！
だからこそ問いたいのです。絶対で一時の王の決意を。

あなたには最高の＊＊の座に至るための戦いに、命を懸ける覚悟がありますか？

YES／NO

――了解いたしました。これにて確認は終了です。

――美しくも悲壮な覚悟を胸に、お待ちください。

我々はあなた様の参加を、いつでもお待ちしております。

あとがき

＊スタァ・ミライプロジェクトは現実の人物・団体とはなんら関係もありません。
＊また、現実の世界とは、ほぼ同じだけれども、【時計兎《うさぎ》】たちがいる以上、少し異なる世界線のつもりで書いています。上記を踏まえていただければ幸いに思います。

と、いうわけで綾里《あやさと》けいしの提供でお送りしました。

「スタァ・ミライプロジェクト 歌姫編」楽しんでいただけましたでしょうか？　略称はとりあえず、「スタミラ」で考えていたりします。少女たちの夢と憧れを懸けた殺し合い、なにか心に残るものがあれば幸いです。

憧れは止まりません。どれほどに実態が醜悪であろうとも、それは美しいモノです。

この一文に、ある意味、すべてを詰めこんだつもりの作品でもあります。星と血と、憧れと加害の話です。エンターテイメントと憧れをぶん殴って否定しつつ、あの日の星を追いかけることについてを綴《つづ》りたい思いがありました。信じることは時に刹那的で、愚かで、本当は信じてすらいないこともあって、けれども美しいことです。少なくとも、綾里はそう考えています。全ての作り手と受け取り手に幸のあらんことを。

ちなみに一番書きやすかった歌姫候補は「アエル」、二番目は「ロイタース・ユウ」。好きな歌姫候補は一番は「岬《みさき》まほろ」で、二番目は「たまちゃん」です。本編をお読みになった方には、なんとなく理由はわかると思います。まだの方は、ぜひお読みくださいませ。少女たちばかりの華やかなデスゲームは長く書きたかったので、そういう意味でも本作は楽しかったです。今回は「歌姫編」ですが、果たして続きはあるのでしょうか。もしもあるのでしたら、次回もまた、ザックザックと、ドッシュドッシュとひと捻《ひね》りあるゲームをお送りできればなぁと思います。その際は、どうかよろしくお願い申し上げます。

これにて、今宵《こよい》の演目は終了です。

足元にお気をつけて、お帰りください。

ご来場、誠にありがとうございました。

どうか、次の舞台をお待ちください。

MF文庫J

スタァ・ミライプロジェクト
歌姫編

2024年 6月 25日　初版発行

著者　綾里けいし

発行者　山下直久

発行　株式会社 KADOKAWA
〒102-8177 東京都千代田区富士見 2-13-3
0570-002-301（ナビダイヤル）

印刷　株式会社広済堂ネクスト

製本　株式会社広済堂ネクスト

Printed in Japan　ISBN 978-4-04-683702-8 C0193

◇◇◇

【ファンレター、作品のご感想をお待ちしています】
〒102-0071 東京都千代田区富士見2-13-12
株式会社KADOKAWA　MF文庫J編集部気付「綾里けいし先生」係　「夏炉先生」係